COOL

Carlotta
Herzklopfen im Internat

Band 1: Carlotta – Internat auf Probe
Band 2: Carlotta – Internat und plötzlich Freundinnen
Band 3: Carlotta – Film ab im Internat!
Band 4: Carlotta – Internat und Prinzenball
Band 5: Carlotta – Internat und tausend Baustellen
Band 6: Carlotta – Herzklopfen im Internat
Der nächste Band erscheint im Herbst 2016

Dagmar Hoßfeld

Carlotta

Herzklopfen im Internat

CARLSEN

Alles schon gebongt

„*This is not a lovesong ...*“, krächzt die Stimme in den PC-Lautsprechern. Carlotta versucht sich auf den Monitor zu konzentrieren, was allerdings gar nicht so einfach ist. Aus dem Zimmer über ihr dringen seltsame Geräusche, die sich nicht einmal mit lauter Musik übertönen lassen. Zuerst hat es nur gerumpelt. Dann hörte es sich an, als würde etwas über den Fußboden schleifen. Eine Leiche, war Carlottas erster Gedanke. Auf ihren Unterarmen hatten sich die Härchen aufgestellt. Plötzlich war es schlagartig still. Carlotta fing gerade an sich zu entspannen, als es über ihrem Kopf gescheppert hat und ein wütender Schrei durch das Haus geschallt ist. Und jetzt geht das Theater schon wieder los!

Sie presst sich die Hände auf die Ohren und stöhnt

auf. Ihren Traum, ein ruhiges Einzelzimmer mit Blick auf den Garten und den See zu bewohnen, hat sie inzwischen längst begraben. In dem Oberstufenhaus von Prinzensee, in dem sie seit Beginn des neuen Schuljahrs lebt, ist es lauter und unruhiger als im Haupthaus des Internats. An manchen Tagen ist es sogar noch trubeliger als auf dem letzten Kindergeburtstag ihrer Zwillingsstiefbrüder – und das will echt was heißen! So hatte sie sich das eigentlich nicht vorgestellt.

Dass aber auch ausgerechnet Manu in dem Zimmer über ihr wohnen muss. Manu, die gerne in ihren schweren Reitstiefeln über den Holzfußboden schlurft; die tausendeinhalb Sachen fallen lässt, ihre Möbel verrückt, weil irgendetwas hinter ihr Bett gerutscht oder vom Schrank gefallen ist; die ständig ihre Zimmertür oder das Fenster aufreißt und wieder zuknallt und so ziemlich das genaue Gegenteil von einer angenehmen und ruhigen Mitbewohnerin ist.

Carlotta holt tief Luft und zählt bis zehn. Dann nimmt sie die Hände von den Ohren und lauscht. Alles ist still. Verdächtig still. Vielleicht hält Manu ja ein Nachmittagsschläfchen. Oder sie spielt ihr Lieblingspferdespiel am PC. Vielleicht tankt sie aber auch nur neue Energie in Form eines Schokoriegels.

Carlotta macht sich eine Notiz, dass sie beim nächsten Mal, wenn sie nach Hause fährt, unbedingt an ihre Kopfhörer denken muss. Das kommende Wochenende ist kein Heimfahrtwochenende, aber das darauf. Vielleicht kann Paps ihr die Dinger auch schon vorher per Post schicken. Sicher ist sicher.

Sie wendet sich der aufgerufenen Seite auf dem Bildschirm zu, als die Tür aufgerissen wird und jemand ins Zimmer stürmt. Carlotta fährt erschrocken herum.

„Mensch, Manu!“, schimpft sie. „Kannst du nicht anklopfen wie jeder andere normale Mensch auch? Ich hätte fast einen Herzinfarkt gekriegt!“

„Entspann dich! So schnell kriegt man in unserem Alter keinen Herzkasper. Normal war ich noch nie, weißt du doch. Sonst alles klar bei dir?“ Manu knallt die Tür hinter sich zu und wirft sich auf Carlottas frisch bezogenes Bett. Offenbar erwartet sie keine Antwort auf ihre Frage.

Carlotta runzelt die Stirn. Gleichzeitig muss sie grinsen. Es geht gar nicht anders. Manu ist lauter, selbstbewusster und renitenter als alle anderen Mädchen, die Carlotta kennt. Um mit ihr zurechtzukommen, muss man sie einfach mögen. Und Carlotta mag sie, sehr sogar.

Sie sind jetzt schon das sechste Jahr zusammen im Internat. Die ersten fünf Schuljahre haben sie sich zu dritt ein kleines Zimmer im Haupthaus geteilt. Mit Sofie, einer hochbegabten Belgierin, die inzwischen das Internat gewechselt hat, sind sie durch dick und dünn gegangen und haben einige aufregende Abenteuer erlebt. Erst seit Beginn des neuen Halbjahrs wohnen Carlotta, Manu und alle anderen aus ihrer Klasse in einem Nebengebäude des Schlosses.

Manchmal kann Carlotta kaum fassen, wie schnell die Zeit vergangen ist. Dass sie tatsächlich schon in die Zehnte geht. In die Oberstufe … Wahnsinn!

„Hast du dich schon um deinen Praktikumsplatz gekümmert?“ Manu reißt sie mit dieser Frage unsanft aus ihren Gedanken.

„Nee. Ich war gerade dabei, mir Adressen rauszusuchen. Aber ich bin nicht sehr weit gekommen. Über meinem Kopf ist irgendwas explodiert. Es hörte sich an, als käme es aus deinem Zimmer. Was war das?“

„Ach das!“ Manu grinst. „Gar nix. Ich hab nur ein bisschen aufgeräumt.“

„Seit wann räumst du auf?“, fragt Carlotta erstaunt.

„Seit mir unsere Sozialbetreuer für den Fall, dass ich’s nicht tue, eine schlimme Strafe angedroht haben. Eine

Woche lang den Geschirrspüler ausleeren und die Küche feudeln. Nein, danke. Coole Musik übrigens!"

Carlotta reicht ihr die leere CD-Hülle, die Jonas beschriftet hat. „Punk, Ska, New Wave … Lauter alte Sachen. Ist zwar nicht wirklich mein Geschmack, aber für nebenbei ist es ganz okay. Jonas steht drauf."

„Echt? Ich dachte, der fährt mehr auf Kuschelrock ab." Manu kichert.

Carlotta zeigt ihr einen Vogel. Jonas und Kuschelrock ist ungefähr so undenkbar wie Manu in einem Tutu mit rosa Spitzenbesatz!

„Und was macht *dein* Praktikum?", kommt sie auf das eigentliche Thema zurück.

„Alles schon gebongt. Ich geh auf ein Trabergestüt und mach da ein Praktikum als Pferdewirtin." Manu lehnt sich zufrieden zurück.

„Wow, herzlichen Glückwunsch!" Carlotta kann kaum verbergen, wie erstaunt sie ist. Schließlich haben sie erst vor ein paar Tagen erfahren, dass sie in diesem Halbjahr ein Berufspraktikum machen sollen. Ganz offiziell, inklusive Bewerbung und Vorstellungsgespräch. Dass Manu schon alles geregelt hat, ist wirklich beachtlich. Besonders wenn man bedenkt, wie lange sie sonst braucht, um in Schwung zu kommen.

„Ich muss nur noch auf dem Hof anrufen und mich da vorstellen“, schränkt Manu ihre Bemerkung ein.

„Das heißt, es ist überhaupt noch nichts gebongt!“ Carlotta knüllt ein Blatt Papier zusammen und wirft es ihrer Freundin an den Kopf.

„Nö“, gibt die zu. „Aber das ist doch nur noch ’ne reine Formsache. Wer kann mir schon widerstehen? Außerdem gibt es in der Gegend nur dieses eine Gestüt. Es muss also klappen! Und bei dir so?“

Carlotta betrachtet den Bildschirm. Die Gelben Seiten des Telefonbuchs von Bieneburg leuchten ihr entgegen.

„Leider gibt’s hier nicht so viele Fotografen. Gerade mal eine Handvoll freiberufliche. Aber ob die für eine Schülerpraktikantin Verwendung haben? Ich werde mich wohl eher in dem Fotoladen in der Innenstadt bewerben. Auf der Homepage steht, dass der Besitzer gelernter Fotograf ist und Lehrlinge ausbildet. Vielleicht nimmt der mich ja für zwei Wochen.“

Carlotta möchte das Praktikum unbedingt bei einem Fotografen machen. Bei einem, der seinen Beruf liebt; dem sie bei der Arbeit über die Schulter schauen und von dem sie etwas lernen kann. Schließlich ist Fotografieren ihre liebste Freizeitbeschäftigung. Wenn alles planmäßig läuft, will sie später aus ihrem Hobby einen Beruf machen. Ihren Traumberuf.

Etwas Schöneres als mit der Kamera durch die Gegend zu streifen und alles zu fotografieren, was ihr vor die Linse kommt, gibt es für Carlotta nicht. Seit sie im Internat ist, ist sie in der Foto-AG. Sie hat eigene Projekte auf die Beine gestellt und ihre Aufnahmen auf Ausstellungen präsentiert.

Mit ihrem Vater hat sie schon ausführlich über ihre Pläne gesprochen. Er ist Dokumentarfilmer und kann ihren Wunsch gut verstehen. Er akzeptiert und unterstützt sie – ganz im Gegensatz zu seiner geschiedenen Frau, Carlottas Mutter. Der wäre es lieber, Carlotta würde nach der Schule etwas Krisenfestes studieren. Jura, Betriebswirtschaft, Medizin; etwas in dieser Richtung.

Für Carlotta klingen die Wunschvorstellungen ihrer Mutter wie die unkreativsten Perspektiven, die es auf diesem Planeten gibt. Nein, danke. Das kommt gar nicht in die Tüte. Niemals!

Manu rappelt sich hoch. Sie hat Carlottas Bettdecke gründlich zerwühlt, aber sie denkt anscheinend nicht daran, es wieder in Ordnung zu bringen. „Ich muss noch mal rüber ins Schloss. Flyer verteilen und Poster aufhängen. Bald startet unsere Aktionswoche."

„Ach ja, die hätte ich fast vergessen." Carlotta zitiert den Slogan: *„Green Days! Cooles Essen – cooles Klima."*

Manu nickt. Sie ist seit kurzem Mitglied einer Schülergruppe, die sich für den Umweltschutz und einen bewussteren Umgang mit der Ernährung starkmacht. Eine Woche lang soll es in der Internatsküche internationale vegetarische Gerichte aus biologischem Anbau geben und dazu Projekte und Aktionen zum Thema. Die Gruppe möchte damit ein Zeichen für den Klimaschutz setzen. Carlotta findet das klasse und unterstützt die Aktion – im Gegensatz zu einigen Mitschülern und Lehrern, die von der Idee nicht besonders begeistert sind.

„Die paar Tage haltet ihr das ja wohl mal aus, ihr Heulsusen!", hat Manu die Jungs aus ihrer Klasse erst neulich angeblafft.

Niemand hat gewagt ihr zu widersprechen. Kurz darauf wurde die Aktion von der Schulleitung genehmigt.

„Leg dir am besten ein dickes Fell zu", rät Carlotta ihr. „Die Jungs haben schon Panik, dass du ihnen ihre geliebten Schnitzel vom Teller ziehst!"

„Die sollen sich bloß nicht so anstellen! Als ob die gleich verhungern, wenn sie mal auf was verzichten." Manu schüttelt den Kopf. „Da lob ich mir den Spargel. Der will eine richtige Challenge aus der Sache machen."

„Was denn für eine Challenge?", fragt Carlotta neugierig.

„Er will seine Ernährung komplett umstellen und testen, ob die Umstellung irgendwelche positive Auswirkungen auf seine Fitness hat."

Carlotta lacht. „Der ist doch schon fit wie ein Müsliriegel! Noch fitter geht's gar nicht, sonst hebt er noch ab."

Manu stimmt ihr grinsend zu.

„Wir sehen uns nachher beim Abendessen", sagt sie und poltert aus dem Zimmer.

„Alles klar!" Carlotta winkt nur kurz. Ihr Handy klingelt. Sie wartet, bis Manu die Tür hinter sich zugezogen hat, dann nimmt sie es vom Schreibtisch.

Seit sie in der Oberstufe ist, sind Handys und PCs in den Zimmern erlaubt. Was für ein Luxus! Carlotta wirft einen Blick auf das Display und lächelt. Es ist Jonas.

„Hi!", meldet sie sich.

„Na du?", sagt Jonas. „Wie geht's?"

„Mir gut. Und dir?“

„Wie immer“, antwortet Jonas. „Schule ätzt. Aber sonst ist alles klar.“

Jonas Blum ist der Sohn des Hausmeisters. Er ist ein Jahr älter als Carlotta und besucht ein Gymnasium in der Stadt. Er erzählt von seinem Tag. Carlotta zwirbelt eine Haarsträhne zwischen den Fingern und hört ihm aufmerksam zu. Als er fertig ist, fragt sie ihn nach dem Fotoladen in der Innenstadt. „Kennst du den zufällig?“

„Du meinst Foto-Brauer? Logo, den Laden gibt's schon ewig. Warum fragst du?“

„Ich will mich da für ein Praktikum bewerben.“

„Cool“, meint Jonas. „Ich drück dir die Daumen. Sehen wir uns heute?“

Carlotta schüttelt den Kopf. „Nein, sorry. Ich muss unbedingt noch für Physik lernen. Wir schreiben Freitag eine Wiederholung zum Stoff des letzten Halbjahrs. Grausam!“

„Morgen dann?“, fragt Jonas.

„Mal sehen. Ich ruf gleich mal diesen Herrn Brauer an und versuche für morgen einen Vorstellungstermin zu vereinbaren. Wenn's klappt, kannst du ja vielleicht mitkommen.“

„Mach ich glatt“, verspricht Jonas. „Schick mir einfach 'ne SMS.“

„Okay.“

Sie beenden das Gespräch. Carlotta lächelt. Natürlich schickt sie Jonas später eine SMS. Genau wie er ihr noch eine schicken wird. Wie jeden Abend. Sie ist sich ziemlich sicher, dass sie ohne eine kurze Nachricht von Jonas gar nicht mehr einschlafen könnte.

Energisch rückt sie ihren Stuhl zurecht und fixiert die Telefonnummern auf dem Bildschirm. Die meisten Fotografen wohnen viel zu weit weg. Das erkennt sie schon an den Vorwahlnummern. Die beiden ersten Nummern gehören zwei freiberuflichen Fotografen in der Nähe. Die dritte ist die Nummer von Foto-Brauer.

Carlotta hält kurz die Luft an und zählt bis drei, dann wählt sie die erste Nummer.

Als sie sich wenig später auf den Weg zum Schloss macht, summt sie vergnügt vor sich hin. Wie erwartet, hatten die freien Fotografen kein Interesse an einer Schülerpraktikantin. Aber der Inhaber des Fotogeschäfts, Herr Brauer, klang sehr interessiert. Er hat sie eingeladen, sich gleich morgen Nachmittag im Laden vorzustellen.

Manu wird Stielaugen machen, wenn ich ihr das erzähle, denkt Carlotta und grinst. Von wegen, alles schon gebongt ... Vielleicht bekomme ich meinen Praktikumsplatz eher als sie!

Hinter ihr knirschen Schritte auf dem Kies. Sie bleibt stehen und wirft einen Blick über die Schulter.

Ein Junge mit Dreadlocks kommt auf sie zu. Neben ihm geht ein großes Mädchen mit langen, dunklen Haaren. Niko und Elena. Carlotta begrüßt sie mit einem Lächeln.

„Hi!“, sagt Niko.

Elena nickt ihr zu. „Bist du auf dem Weg zum Abendessen?“

„Jepp“, erwidert Carlotta knapp.

Im Oberstufenhaus gibt es zwar eine Gemeinschaftsküche, aber die Hauptmahlzeiten nehmen die Oberstufenschüler trotzdem im Speisesaal ein. Sie haben nur andere Essenszeiten als die Unter- und Mittelstufe. Carlotta und Manu mussten sich erst daran gewöhnen.

„Wie steht's mit Mathe?“, erkundigt sich Elena, als sie weitergehen.

„Im Moment ganz gut“, antwortet Carlotta. „Geometrie liegt mir irgendwie.“

In der neunten Klasse hat Elena ihr mal Nachhilfestunden gegeben. Aber inzwischen läuft es wirklich gut.

„Klasse! Falls es doch mal hakt, weißt du ja, wo du mich findest." Elena mustert sie offen.

„Ja, klar." Carlotta erwidert den Blick nicht ganz so strahlend. Natürlich weiß sie, wo sie Elena findet: Immer in Nikos Nähe. Wo sonst.

Sie schiebt die Hände in die Taschen ihrer Jeans und lenkt ihren Blick geradeaus. Im letzten Schuljahr hatte sie nicht nur Nachhilfe bei Elena, sondern war auch in Niko verknallt. Dass die beiden früher mal ein Pärchen gewesen sind, hat sie erst später erfahren. Cilli, eine ältere Mitschülerin, hat es ihr erzählt. Natürlich war sie daraufhin fest entschlossen Elena nicht zu mögen. Aber es hat nicht funktioniert. Elena war viel zu nett.

Tja, und dann war das verliebte Gefühl, das sie für Niko empfunden hat, mit einem Mal futsch. Nicht gerade über Nacht, aber irgendwie doch ziemlich schnell.

Die Schmetterlinge in ihrem Bauch haben aufgehört zu flattern. Aus dem wilden Flügelschlagen ist ein etwas wehmütiges, kaum noch spürbares Kribbeln geworden.

So viel zum Thema *Mädchen und Jungs können doch*

auch nur miteinander befreundet sein, denkt Carlotta. Ganz so einfach ist es anscheinend doch nicht. Besonders nicht, wenn mal Emotionen im Spiel waren.

Als sie den Speisesaal betreten, verabschiedet sie sich von Elena und Niko und steuert auf einen Fenstertisch zu. Manu hat ihr einen Platz freigehalten. Neben ihr sitzt ein schlaksiger Junge mit glatten Haaren.

„Hi, Julian“, begrüßt Carlotta ihn.

„Good evening.“ Julian, ein gebürtiger Engländer, tupft sich den Mund mit einer Serviette ab und erhebt sich kurz von seinem Stuhl.

Mit einem schnellen Blick mustert Carlotta sein Outfit, das vermutlich einem britischen Lord Ehre machen würde: himmelblaues Oberhemd, kariertes Jackett, Hose mit Bügelfalte und auf Hochglanz polierte Halbschuhe. Dazu verfügt er auch noch über mustergültige Manieren. Kein anderer Junge, den Carlotta kennt, ist so höflich und wohlerzogen wie Julian Brentley. Nicht einmal Brendan, der am Nebentisch sitzt und breit grinst.

Carlotta erwidert das Grinsen des Australiers. Dann holt sie sich ein Tablett und Besteck. Es gibt Nudelpizza und zum Nachtisch das legendäre Prinzenseer Puddingbüfett. Voller Vorfreude reiht sie sich in die Warteschlange vor der Essensausgabe ein.

Ein Stück weiter vorn stehen die Barbies und unterhalten sich über das bevorstehende Praktikum. Carlotta schnappt auf, dass die drei gerne in einem Beautysalon arbeiten möchten, aber anscheinend hat das kleinstädtische Bieneburg so etwas Exklusives nicht zu bieten. „Ich werde keinen Fuß in einen Friseursalon setzen, der *Frisierstube Monika* heißt!“, faucht Simone gerade.

Vicky und Nadine stimmen ihr heftig nickend zu.

„Da muss man garantiert den ganzen Tag Lockenwickler nach Farben und Größen sortieren und ständig die abgeschnittenen Haare wegfegen. Voll eklig!“ Vicky verzieht die Mundwinkel.

„Ich versteh gar nicht, warum uns das überhaupt zugemutet wird. Ein Praktikum in einem örtlichen Betrieb!“ Nadine zupft an ihrem Pony. „Habt ihr etwa vor, nach dem Abitur eine Berufsausbildung in irgendeinem Laden in Kleinkleckersdorf zu machen? Es steht doch sowieso fest, dass wir später mal an die Uni gehen, um zu studieren, oder nicht?“

„Selbstverständlich!“ Vicky und Simone nicken synchron.

Die Schlange bewegt sich ein Stück vorwärts. Carlotta kann sich ein Prusten nicht verkneifen. Dass sie die Barbies noch bis zum Abi ertragen muss, gehört zu den wenigen Dingen, auf die sie im Internat gut verzichten könnte. Wenigstens wohnen sie im Oberstufenhaus auf einem anderen Flur. In einem anderen Unterrichtsprofil sind sie auch. Carlotta hat sich für das ästhetische Profil mit Schwerpunkt Kunst entschieden. Die Barbies haben das sprachliche Profil gewählt. Manu ist im gesellschaftswissenschaftlichen Profil mit Politik als Schwerpunkt. Nur die Kern- und Pflichtfächer haben sie alle gemeinsam. Während der Orientierungsphase können sie ihre Fächerwahl noch einmal überdenken und tauschen, aber Carlotta fühlt sich in ihrem Profil pudelwohl. Sie denkt nicht daran zu wechseln. Kunst und Kunstgeschichte sind viel interessanter, als sie es sich jemals vorgestellt hat. Immerhin hat es etwas mit Bildgestaltung zu tun, jedenfalls im weitesten Sinne. Einige Dinge lassen sich sogar auf die Fotografie übertragen. Perspektivlehre zum Beispiel.

Als sie endlich an der Reihe ist, sind die Barbies verschwunden. Carlotta lässt sich zwei Stücke Pizza auf den Teller legen. Dann schlängelt sie sich mit dem Tablett zwischen Tischen und Stühlen hindurch bis zu ihrem Platz und lässt sich auf den freien Stuhl fallen.

„Hau rein!", sagt Manu freundlich. „Diese Woche gibt's noch Schinken auf der Pizza. Nächste Woche ist Schluss damit!"

Carlotta weist sie freundlich darauf hin, dass auf der Pizza nicht einmal die Spur einer Schinkenfaser zu finden ist, aber Manu winkt ab.

„Und was ist mit dem Käse? Denkst du, die Kühe rücken ihre Milch freiwillig raus?"

Carlotta hat keine Lust auf eine Diskussion. Sie hat Hunger.

„Guten Appetit", wünscht Julian.

„Thank you", erwidert Carlotta und säbelt ein großes Stück Pizza ab. „Ach, ich hab übrigens einen Praktikumsplatz."

„Wie jetzt? Echt?" Manu starrt sie an.

„Bei Foto-Brauer. Ich soll mich da morgen vorstellen", nickt Carlotta. „Aber das ist ja nur eine reine Formsache. Stimmt's nicht?"

„Ich hab auch einen Platz", verkündet Julian fröhlich.

Manus Augenbrauen wandern fast bis zum Haaransatz. „Wie bitte? Wo das denn?", fragt sie.

„Bei einem Herrenausstatter. Einem Her-ren-aus-stat-ter." Julian betont die Silben voller Verzückung und gluckst anschließend leise. „Wie ich dieses Wort liebe!"

Manu zeigt ihm einen Vogel.

Carlotta grinst.

Julians Gesicht nach zu urteilen, muss ein Laden mit edlen Anzügen, Oberhemden und Krawatten seinen Vorstellungen von einem Paradies auf Erden sehr nahe kommen.

„Herzlichen Glückwunsch", sagt sie und zwinkert Julian zu. „Ich finde, das klingt einfach groß-ar-tig!"

Gestatten, Carlotta Prinz!

Am nächsten Tag steht Carlotta in ihrem Zimmer und probt für das Vorstellungsgespräch. Hilke und Benno, das Sozialpädagogenpaar, das die Oberstufe betreut, haben ihr die Erlaubnis für den Ausflug in die Stadt gegeben. Der Bus fährt in zwanzig Minuten. Carlotta müsste lügen, wenn sie behaupten würde, dass sie nicht nervös ist. Ihr Herz klopft jetzt schon wie verrückt, wenn sie nur daran denkt. Immerhin ist es ihr allererstes Vorstellungsgespräch und sie möchte unbedingt den besten Eindruck hinterlassen. Wie gut, dass Jonas sie begleitet. Obwohl – ist das wirklich so gut? Sieht es nicht so aus, als würde sie sich alleine nicht trauen? Vielleicht macht er sie ja nur zusätzlich nervös?

Carlotta stöhnt auf.

„Gestatten, mein Name ist Carlotta Prinz. Ich

möchte gerne Fotografin werden." Sie streckt ihrem Spiegelbild an der Fensterscheibe zuerst die rechte Hand entgegen und anschließend die Zunge heraus.

„Mist!", schimpft sie mit sich selbst. „So wird das nie was. Nie im Leben! Sagt man überhaupt noch ‚gestatten'? Aber was soll ich denn sonst sagen?"

Sie rauft sich die Haare und probiert es mit einem anderen Text.

„Hi, ich bin's, Carlotta. Ich komme wegen des Praktikums, zu dem wir von unserer Schule gezwungen werden. Sie wissen schon, das schnieke Schnöselinternat am See."

Schnöselinternat – Carlotta muss grinsen. Der Ausdruck stammt von Jonas. Er hält nicht nur das Internat für elitär und unfassbar altmodisch, sondern auch dessen Bewohner. Die meisten jedenfalls. Genau deshalb besucht er das Gymnasium in der Stadt und nimmt dafür sogar einen längeren Schulweg in Kauf.

Carlotta reißt sich zusammen und versucht es noch einmal. „Hallo, ich bin Carlotta Prinz. Ich habe Sie gestern wegen des Praktikums angerufen."

Sie stellt sich einen Tick gerader hin und lächelt.

Ja, so könnte es funktionieren. Freundlich und offen. Ganz natürlich. Der Rest ergibt sich dann schon.

Schließlich geht es nicht um eine lebenslange Festanstellung, sondern nur um ein zweiwöchiges Schnupperpraktikum.

Ihre Klamotten sind auch okay. Jeans, T-Shirt und darüber ein helles Jeanshemd. Dazu die neuen sauberen Turnschuhe. Perfekt.

„Wenn der Typ mich nicht nimmt, hat er Pech gehabt."

Sie grinst ihrem Spiegelbild ein letztes Mal zu und schnappt sich den Rucksack vom Bett. Bestimmt wartet Jonas schon auf sie.

Jonas steht tatsächlich schon an der Bushaltestelle und grinst ihr von weitem entgegen. Carlotta geht ein bisschen schneller. Am liebsten würde sie laufen, aber sie zwingt sich dazu gleichmäßige Schritte zu machen. Nicht, dass sie noch stolpert! Manchmal ist sie echt tollpatschig in solchen Dingen. Besonders, wenn sie so nervös ist wie jetzt. Und das liegt nicht nur an dem Vorstellungsgespräch, sondern auch ein bisschen an Jonas.

Im letzten Schuljahr haben sie gemerkt, dass sie sich

mögen. Das heißt, gemocht haben sie sich von Anfang an. Aber für Carlotta ist Jonas immer nur ein guter Freund gewesen, ein Kumpel zum Pferdestehlen und Spaßhaben. Erst als sie angefangen haben, sich in der Gruft zum Tanzen zu verabreden und sich nachmittags am See zu treffen, war plötzlich dieses Kribbeln da. Es hat sich wie eine Trillion winziger Stromschläge angefühlt. Ganz anders als damals bei Niko. Es war kein flatteriges Schmetterlingsgefühl im Bauch, sondern mehr so, als würde Carlottas Herz vor lauter Glück überlaufen.

Genau wie jetzt, in dieser Sekunde.

Obwohl Jonas gar nichts weiter macht, als an einem blöden verrosteten Haltestellenschild zu lehnen und vor sich hin zu grinsen, spürt Carlotta ihr Herz plötzlich schneller schlagen. Sie kann nicht anders und grinst auch.

„Hi", sagt sie, als sie vor ihm steht und sich eine Haarsträhne hinters Ohr streift.

„Na du?", erwidert Jonas. Er beugt sich vor und gibt ihr einen Stups auf die Nase. Ganz schüchtern und vorsichtig. Fast beiläufig streicht er anschließend mit einem Finger über ihre Knöchel. Gerade so, als würde er sich nicht trauen ihre Hand zu nehmen.

Carlotta lächelt.

„Wartest du schon lange?“, fragt sie.

„Nö“, meint Jonas. „Gerade erst gekommen.“

Carlotta wendet ihr Gesicht der Sonne zu, die zwischen den hohen Alleebäumen hindurchlugt, und blinzelt.

„Du siehst hübsch aus“, stellt Jonas fest.

„Danke.“ Carlotta versucht angestrengt nicht rot zu werden. Es gelingt ihr nur halb.

Als der Bus kommt, lässt Jonas ihr den Vortritt. Carlotta zeigt ihre Schülerkarte vor und lässt sich auf einen freien Platz in der Mitte des Busses fallen. Jonas setzt sich neben sie, nachdem er beiläufig zwei Jungs begrüßt hat, die in der letzten Reihe herumlümmeln.

„Freunde von dir?“, fragt Carlotta neugierig.

„Von meiner Schule.“ Jonas streckt die Beine unter den Vordersitz.

Carlotta schaut aus dem Fenster auf die vorüberziehende Landschaft.

„Bist du nervös?“, fragt Jonas.

„Und wie!“, gesteht Carlotta.

Jonas nimmt ihre Hand. „Herr Brauer ist total nett“, meint er. „Meine Eltern kennen ihn. Mach dir keine Sorgen. Das wird schon schiefgehen.“

Er greift mit der freien Hand in seine Jackentasche

und zieht eine kleine Tüte Gummibärchen heraus. „Nervennahrung“, grient er.

Carlotta lacht. „Danke! Das ist die beste Nervennahrung, die's gibt!“

Eine Viertelstunde später steht Carlotta vor dem Fotogeschäft in der Fußgängerzone und kann sich nicht dazu überwinden den Laden zu betreten. Jonas sitzt ein paar Schritte weiter in einer Eisdiele und wartet dort auf sie. Carlotta hat ihn kurzerhand weggeschickt, damit er sie nicht völlig aus dem Konzept bringt.

Sie mustert die Auslagen in dem Schaufenster. Teure Objektive und Digitalkameras liegen neben Fotoalben und Bilderrahmen. Darüber hängen Porträtaufnahmen. Es sind überwiegend arrangierte Hochzeitsfotos, stellt Carlotta fest. Genau solche Aufnahmen, wie man sie vermutlich in jedem x-beliebigen Fotoladen auf der ganzen Welt finden kann.

Natürlich gibt es auch die typischen Bilder von lachenden Babys und niedlichen Hunden. Die übliche Palette dessen, was Fotostudios anbieten. Sehr kreativ wirkt es nicht. Eher so, als ob Fotografen nichts anderes können, als immer nur Brautleute, Babys und Tiere zu fotografieren.

Carlotta denkt an ihre eigenen Fotografien. Die Gummibärchenfotos sind vielleicht nicht perfekt, aber wenigstens einfallsreich und witzig.

Endlich nimmt sie sich ein Herz und drückt die Glastür auf. Über ihr bimmelt ein Glöckchen.

Carlotta schaut sich neugierig um. Ringsherum stehen deckenhohe Regale mit Kameras und Zubehör. Stative, Bilderrahmen, Einwegkameras, Filme, Fototaschen. Dazu jede Menge Alben und Fotobücher für jeden Anlass. Zur Geburt, zur Hochzeit, zur Kommunion, zur Konfirmation, zum Jubiläum, zu Weihnachten, für die schönsten Urlaubsbilder, Tierbilder, Kinderbilder, Landschaftsbilder, Unterwasserbilder …

Carlotta stöhnt leise auf. Anscheinend gibt es nichts, was es nicht wert wäre, dauerhaft im Bild festgehalten und in einem Album verewigt zu werden. Aber muss das wirklich alles so vorgefertigt und genormt sein? Ist es nicht viel schöner, eigene, individuelle Fotobücher zusammenzustellen?

Sie überlegt gerade, ob sie das Glöckchen noch einmal zum Läuten bringen soll, damit man sie bemerkt, als hinter dem Verkaufstresen eine Tür aufgeht. Zwischen den Regalen taucht ein Kopf auf. Ob das der Inhaber ist?

Carlotta lächelt.

„Kann ich Ihnen helfen?" Der Mann mustert sie freundlich.

Carlotta versucht sich daran zu erinnern, was sie vorhin eingeübt hat.

Sei freundlich und offen! Sei einfach du selbst!, ermahnt sie sich.

„Mein Name ist Carlotta Prinz. Ich habe gestern wegen des Praktikums angerufen."

Der Mann stutzt kurz, doch dann erhellt sich seine Miene. „Schön, dass Sie kommen konnten!" Er stellt sich als Inhaber des Fotogeschäfts vor. „Martin Brauer."

„Carlotta Prinz", sagt Carlotta noch einmal und beißt sich im selben Augenblick auf die Zunge.

Herr Brauer lächelt.

Carlotta entspannt sich etwas. Herr Brauer macht einen sympathischen Eindruck. Er fragt sie nach der Schule, woher sie kommt und wie lange sie schon im Internat ist. Auch nach ihren Lieblingsfächern und Hobbys erkundigt er sich. Als Carlotta ihm erzählt, dass sie seit vielen Jahren fotografiert, nickt er erfreut. Dann zeigt er ihr den Laden und öffnet schließlich eine Tür im hinteren Bereich.

„Üblicherweise bin ich hier hinten zu finden", sagt

er. „Für den Laden und den Verkauf ist Frau Weinreich zuständig, meine Mitarbeiterin. Sie hat heute frei."

„Ist das eine Dunkelkammer?" Carlotta zeigt auf eine rote Lampe über einer weiteren schmalen Tür.

„Ja", sagt Herr Brauer. „Meistens arbeiten wir natürlich digital am PC, aber hin und wieder bekommen wir auch noch Rollfilme zum Entwickeln. Wir haben einige Aufträge aus der Werbung und machen Industrie- und Landschaftsaufnahmen."

Carlotta ist beeindruckt. Eine Dunkelkammer hatte sie nicht erwartet. Auch die Aufträge aus der Werbung hören sich interessanter an, als es das langweilige Schaufenster vermuten ließ.

Sie wirft Herrn Brauer einen unauffälligen Blick zu, während er ihr die Kamera zeigt, mit der Passfotos und Porträtaufnahmen gemacht werden. Es ist schwer zu sagen, wie alt er ist. Seine Haare sind kurz geschnitten und schon ein bisschen grau. Außerdem hat er einen kleinen Bauchansatz und trägt eine Brille. Carlotta schätzt ihn auf Mitte vierzig. Sie zuckt zusammen, als Herr Brauer sich plötzlich zu ihr umdreht und sie fragt, wann sie anfangen kann.

„Anfangen? Womit? Ach so!" Carlotta spürt, dass sie rot wird, und nennt schnell den Termin des Praktikums.

Herr Brauer blättert in seinem Terminkalender und notiert sich etwas. Dann reicht er Carlotta die Hand. Etwas überrumpelt erwidert sie den Händedruck.

„Fein“, sagt Herr Brauer. „Dann sehen wir uns am Zwölften. Wir öffnen pünktlich um neun.“

Er klappt den Kalender zu.

„Sie nehmen mich?“, fragt Carlotta verblüfft.

„Sehr gerne sogar!“, antwortet Herr Brauer.

„Oh“, sagt Carlotta. „Vielen Dank.“

„Ist mir ein Vergnügen!“ Herr Brauer geleitet sie durch die Tür in den Verkaufsraum zurück.

Schneller, als sie bis drei zählen kann, steht Carlotta wieder auf der Straße. Sie runzelt die Stirn. Eigentlich wollte sie noch ganz viel fragen. Sie hatte sich im Kopf extra einen ganzen Fragenkatalog zurechtgelegt. Sie zückt ihr Handy und ruft Jonas an.

„Bingo!“, sagt sie, als er sich meldet. „Ich hab den Job!“

Jonas gratuliert ihr. „Bleib, wo du bist!“, sagt er. „Ich bin gleich bei dir!“

Wenig später biegt er schon um die Ecke.

Carlotta berichtet ihm, wie schnell das Vorstellungsgespräch über die Bühne gegangen ist. Jonas ist beeindruckt.

„Krass“, meint er. „Wahrscheinlich hat er sofort gemerkt, dass du Ahnung hast. Wozu soll er da noch um den heißen Brei herumreden?“

Carlotta wiegt nachdenklich den Kopf. „Ja, kann sein. Ich fand’s trotzdem ein bisschen merkwürdig. Ich bin gar nicht dazu gekommen ihm zu erzählen, was ich alles kann. Fragen konnte ich auch nicht stellen. Was ich während des Praktikums machen werde, wie die Arbeitszeiten sind, ob er Auszubildende hat. Lauter solche Sachen.“

Sie laufen ein bisschen schneller und steigen in den Bus nach Prinzensee, der mit offener Tür und laufendem Motor am ZOB steht.

„Ist doch ganz egal. Deine Fragen kannst du später auch noch stellen. Dafür ist das Praktikum schließlich da.“ Jonas setzt sich neben sie und legt einen Arm um sie. Carlotta legt ihren Kopf an seine Schulter und schmiegt ihre Wange an seine Jeansjacke.

„Du hast Recht“, murmelt sie und unterdrückt ein Gähnen.

Jonas spielt mit einer Strähne ihres Pferdeschwanzes. „Wollen wir am Wochenende was unternehmen? Ein Kumpel von mir hat einen Roller. Vielleicht leiht er ihn mir. Wir könnten irgendwo hinfahren.“

Carlotta hebt den Kopf. „Einen Motorroller? Hast du denn inzwischen diese komische Fahrerlaubnis?"

Sie weiß, dass Jonas seit ein paar Wochen eine Fahrschule in Bieneburg besucht, um seine Mofa-Fahrerlaubnis zu machen. Von einer Prüfung hat er bisher allerdings nichts erzählt.

„So gut wie", winkt er ab. „Ich brauch nur noch eine Doppelstunde Praxis, dann kann ich die theoretische Prüfung machen. Außerdem hab ich mich für den Führerschein AM angemeldet. Damit darf ich dann sogar Leichtkrafträder fahren. Immerhin bin ich schon 16. Die Theorie-Prüfung ist reine Formsache. Die Pflichtstunden hab ich schon abgehakt."

„Reine Formsache?" Carlotta zieht die Nase kraus. „Das hab ich doch schon mal irgendwo gehört!"

Jonas gibt ihr einen Stups auf die Nasenspitze und lacht.

„Sag einfach Ja! Wir können ein bisschen in der Gegend rumfahren. Vielleicht ans Meer oder so."

Carlotta legt ihren Kopf zurück und lächelt verträumt. „Ans Meer? Das klingt gut!"

„Wow, Glückwunsch!“, sagt Manu. Carlotta hat sie nach ihrer Rückkehr in der Gemeinschaftsküche erwischt und ihr die Neuigkeiten berichtet.

„Und wie war's bei dir?“, fragt Carlotta. Genau wie sie hatte Manu heute ihren Vorstellungstermin.

Manu grinst breit. „Alles paletti. Als ich den Leuten auf dem Gestüt erzählt hab, dass wir zu Hause eigene Pferde haben und ich schon geritten bin, bevor ich überhaupt laufen konnte, hatte ich die Zusage in der Tasche.“

„Genial!“ Carlotta freut sich mit ihrer Freundin, aber Manus Begeisterung scheint sich in überschaubaren Grenzen zu halten. „Freust du dich denn gar nicht?“

Manu zögert. „Doch, irgendwie schon. Oder nee … Ach, ich weiß nicht. Das ist so ein total schnieker Stall. Da liegt echt kein Staubkörnchen rum. Alles blitzblank und picobello. Die Pferde haben ellenlange Stammbäume und tragen Stalldecken mit aufgestickten Monogrammen. Ich fürchte, die sind so edel und vornehm, dass ich vorm Ausmisten einen Knicks machen und die Zossen siezen muss.“

Carlotta prustet laut. „Kann es sein, das du übertreibst?“

„Nein, überhaupt nicht!“, entgegnet Manu todernst. „Der Stallmeister, mit dem ich gesprochen hab, hat mich ziemlich komisch angeguckt. So von oben herab. Bestimmt bin ich dem nicht fein genug.“

„So ein Blödsinn!“ Carlotta gibt ihr einen aufmunternden Stoß mit dem Ellbogen. „Die Hauptsache sind doch die Pferde! Die freuen sich bestimmt, wenn sie mal geduzt werden!“

„Meinst du?“

„Ja, klar!“

„Na gut.“ Manu zieht einen Flunsch.

Carlotta schnappt sich einen Apfel aus dem Obstkorb und stupst Manu noch einmal an. „Ich glaub, wir werden eine Menge Spaß haben. Du auf dem Gestüt und ich bei Herrn Brauer. Wetten?“

„Nee, lieber nicht“, entgegnet Manu. „Ich warte erst mal ab.“

„Wie du meinst.“ Carlotta zuckt mit den Schultern und dreht sich um. „Wir sehen uns beim Abendessen!“

„Darauf können wir gerne wetten“, ruft Manu hinter ihr her und lacht. „Jederzeit!“

In ihrem Zimmer angekommen wählt Carlotta nacheinander die Rufnummern ihrer Eltern, um sie auf den neuesten Stand zu bringen.

Ihr Vater freut sich, dass es mit dem Praktikumsplatz geklappt hat, das hört sie sofort. Ihre Mutter reagiert dagegen ein bisschen zurückhaltend. Fast so, als wäre sie mit dem Praktikum in dem Fotogeschäft nicht einverstanden.

Carlotta ist enttäuscht. Warum muss ihre Mutter eigentlich in jeder Suppe nach einem Haar suchen? Manchmal ist das wirklich anstrengend!

Sie legt das Handy beiseite, fährt ihr Notebook hoch und loggt sich bei Skype ein. Sie hat schon ewig nichts von Katie gehört, ihrer besten und ältesten Freundin seit dem Kindergarten. Leider durfte Katie nicht mit aufs Internat – inzwischen will sie es auch gar nicht mehr –, aber sie mailen, skypen und telefonieren, so oft sie können, und wenn Carlotta an den Heimfahrtwochenenden bei ihrem Vater ist, verbringen sie die meiste Zeit zusammen.

Katie ist nicht eingeloggt. Niemand aus Carlottas Kontaktliste ist es. Das heißt, doch. Neben Nikos Namen leuchtet ein grüner Punkt. Er ist also online.

Carlotta loggt sich schnell wieder aus. Sie verspürt

keine Lust, mit Niko zu chatten. Wenn sie mit ihm sprechen wollte, könnte sie ihn jederzeit in seinem Zimmer besuchen. Schließlich wohnt er auch im Oberstufenhaus. Allerdings macht er in diesem Jahr Abi und hat viel um die Ohren. In der Foto-AG, in der sie sich kennengelernt haben, lässt er sich deshalb kaum noch blicken. Carlotta begegnet ihm nur manchmal mit seiner Kamera im Park oder am See. Auch im Haus fotografiert er oft. Am liebsten seine Mitbewohner. Nikolas von Falkenstein ist für seine überfallartigen Schnappschüsse berüchtigt.

Carlotta schickt Katie eine SMS, dass sie sich bei ihr melden soll. Dann schnappt sie sich ihr Physikbuch und macht es sich damit auf dem Bett gemütlich. Obwohl – kann man es sich mit den Grundlagen der Mechanik gemütlich machen? Carlotta bezweifelt es.

„Trägheitsgesetz, Wechselwirkungsgesetz, Kräfte nach Newton … Hilfe!“

Sie zieht eine Nachttischschublade auf, holt die angebrochene Tüte Biobärchen von Jonas heraus und schiebt sich gerade eine Handvoll Gummitiere in den Mund, als ihr Handy sich meldet.

KATIE, leuchtet es ihr vom Display entgegen.

„Hi!“, meldet sich Carlotta und würgt die Gummibärchen unzerkaut herunter.

„Selber hi!“, sagt Katie und erzählt übergangslos, dass sie sich von ihrem gesparten Geld ein neues Handy gekauft hat.

„Super“, sagt Carlotta. Sie denkt an ihr eigenes Handy. Sie kann schon gar nicht mehr zählen, wie oft es ihr runtergefallen ist. Das Display hat einen kleinen Kratzer, aber zum Glück funktioniert es noch.

„Gibt's außer deinem Handy sonst was Neues?“, erkundigt sie sich.

„Nö. Und bei dir?“, erwidert Katie.

Carlotta erzählt ihr von dem Vorstellungsgespräch.

„Hey, cool!“ Katie jubelt. „Dann bist du ja bald am Ziel deiner Träume! Carlotta Prinz, die internationale Starfotografin … Ich seh's direkt schon vor mir! Darf ich deine Agentin sein?“

„Wenn's so weit ist, klar“, lacht Carlotta. „Aber warte lieber noch ein bisschen, bevor du die Schule schmeißt, um mich zu managen.“

Dass sie Fotografin werden will, steht fest. Ob sie eine Lehre machen oder studieren will, allerdings noch nicht. Am liebsten würde sie nach der Schule erst einmal frei fotografieren. In der Welt herumreisen, Eindrücke sammeln, alles im Bild festhalten und dokumentieren.

„Zum Glück ist es noch ein Weilchen hin“, überlegt sie laut.

„Ja, stimmt“, seufzt Katie. „Ich weiß auch noch nicht, was ich nach der Schule machen soll. Vielleicht werde ich Schmuckdesignerin.“

„Why not?“, meint Carlotta.

Sie reden noch ein bisschen hin und her. Über die Schule, die Jungs, das Leben im Allgemeinen und Speziellen. Katie fragt nach Jonas.„Seid ihr euch inzwischen ein bisschen nähergekommen? Du weißt schon …“

„Nö“, meint Carlotta. „Keine Ahnung, wovon du sprichst.“

Natürlich weiß sie, was Katie meint. Ob sie und Jonas noch etwas anderes machen als küssen und Händchenhalten. Aber das ist überhaupt noch kein Thema. Sie wollen sich Zeit lassen. Sich erst mal richtig kennenlernen und Vertrauen aufbauen. Lauter Dinge, die Carlotta für eine Beziehung wichtig findet. Jonas auch. Da sind sie sich einig.

„Nächstes Wochenende machen wir einen Ausflug. Ein bisschen in der Gegend rumfahren und chillen. Jonas leiht sich einen Motorroller von einem Freund.“

„Nehmt einen Picknickkoffer mit“, schlägt Katie vor. „Und eine kuschelige Wolldecke! Dann müsst ihr nur noch ein einsames, romantisches Plätzchen finden …“

Carlotta prustet leise.

„Was schätzt du, wie viele Millionen Jungs es wohl auf der Welt gibt?“, wechselt Katie das Thema.

„Keinen Schimmer“, antwortet Carlotta. „Wieso?“

„Ich fürchte, es gibt ganz schön viele.“ Katie stöhnt auf. „Da frage ich mich natürlich, wie man sich als Mädchen überhaupt für einen einzigen entscheiden soll. Woher soll man wissen, dass dieser eine auch wirklich der Richtige ist?“

„Das fühlt man“, antwortet Carlotta, ohne zu zögern.

„Sicher?“, fragt Katie.

Carlotta überlegt kurz, dann nickt sie. „Ganz sicher!“

„Na gut“, meint Katie. „Wenn du das sagst.“

Sie verabschieden sich voneinander. Vorher muss Carlotta noch versprechen, Katie von dem Wochenendausflug mit Jonas ausführlich Bericht zu erstatten.

„Geht klar“, sagt sie. „Wenn irgendwas passiert, bist du die Erste, die's erfährt. Versprochen. Allerdings wird nichts passieren.“

„Wer weiß?“, kichert Katie und legt auf.

Carlotta schiebt sich ein Gummibärchen zwischen die Zähne. Dann schlägt sie ihr Physikbuch auf und versucht sich auf die Grundlagen der Mechanik zu konzentrieren.

Obwohl sie sich wirklich große Mühe gibt, stellt sie schon nach wenigen Minuten fest, dass es nicht klappt. Immer wieder wandern ihre Gedanken zu Jonas. Zu dem Jungen, von dem sie glaubt, dass er der Richtige ist. Dass Jonas der eine unter Millionen ist, von denen Katie gerade gesprochen hat, davon ist sie überzeugt. Es geht gar nicht anders.

Lächelnd betrachtet sie den Schnappschuss an der Pinnwand über ihrem Schreibtisch. Sie hat das Foto selbst gemacht. Es ist noch gar nicht lange her. Es zeigt Jonas mit seinen Hunden. Seine wuscheligen Haare, das freche Grinsen, die Frisbeescheibe in seiner Hand … Sogar wenn sie nur sein Bild anschaut, hat Carlotta das Gefühl, ihr Herz würde schmelzen wie Nugatschokolade im Sonnenschein.

Ist das normal?

Keine Ahnung, denkt sie. Aber es fühlt sich toll an!

Romantisch geht anders

Am Samstagmorgen springt Carlotta gut gelaunt aus den Federn. Es hat geklappt. Jonas konnte sich den Motorroller von seinem Freund ausleihen. Sie wollen heute den ganzen Tag unterwegs sein und erst abends zurückkehren. Bei Hilke und Benno hat sie sich schon am Tag zuvor abgemeldet. Das ging ganz problemlos. Schließlich haben ihre Eltern gleich zu Beginn des neuen Schuljahres eine Einverständniserklärung unterschrieben, die solche Ausflüge in der Freizeit erlaubt.

Im Oberstufenhaus ist es noch ruhig, als Carlotta ihre Siebensachen zusammensucht. Nicht einmal aus Manus Zimmer dringen Geräusche. Erstaunlich.

Nach dem Duschen schlüpft Carlotta schnell in eine bequeme Jeans und zieht ein T-Shirt über. Dann reißt sie das Fenster auf und holt tief Luft. Ihre Haut prickelt.

Sie freut sich auf den Ausflug. Und auf Jonas. Auf den ganz besonders.

Im Uferschilf quakt eine Ente. Eine andere schlägt mit den Flügeln. Die Morgensonne verdrängt den Nebel, der in feinen Streifen über dem See liegt. Es verspricht ein herrlicher Tag zu werden. Carlotta dreht sich lächelnd um. Jonas hat ihr vor fünf Minuten eine SMS geschickt, dass er um halb neun an der Allee auf sie wartet.

Sie nimmt ihren Rucksack und kippt den Inhalt kurzerhand auf den Teppich. Das Physikbuch braucht sie heute ganz bestimmt nicht. Sie haben gestern die Klausur geschrieben. Carlotta ächzt leise, als sie daran denkt. Weil Jonas angekündigt hat, dass sie ans Meer fahren, faltet sie ihr Lieblingsstrandtuch mit den aufgedruckten Delfinen zusammen und stopft es zuunterst in den Rucksack. Darauf kommen ihr Fotoapparat, ein Ersatz-Akku, eine Familientüte Biobärchen, ihre Geldbörse, das Handy und eine Packung Kaugummi. Vielleicht können sie unterwegs an einer Tankstelle halten und noch etwas zu trinken kaufen. Ihren Bikini hat sie schon untergezogen und für ein kurzes Frühstück im Schloss bleibt auch noch genug Zeit. Perfekt.

Sie zieht den Reißverschluss des Rucksacks zu und

schaut sich um. Ihre Jeansjacke muss mit. Und braucht sie nicht auch einen Helm und Handschuhe? Hoffentlich denkt Jonas daran!

Nach einem letzten Blick schlüpft sie durch die Tür, zieht sie leise hinter sich zu und huscht auf Zehenspitzen hinaus in den Sonnenschein.

Auf ihrem Weg durch den morgenstillen Park begegnet sie einer Gruppe Jogger. Brendan trabt locker vorneweg. Er hat neulich erzählt, dass er für ein wichtiges Ruderrennen trainiert. Carlotta winkt ihm zu. Er winkt lächelnd zurück.

Auch im Schloss ist es noch ruhig. Aus der Küche dringt gedämpftes Klappern von Geschirr. Im Speisesaal hocken drei einsame Frühaufsteher und rühren verschlafen in ihren Müslischalen. Carlotta kennt sie nur vom Sehen.

Sie nimmt sich ein Tablett von einem hohen Stapel, legt ein Brötchen auf einen Teller, stellt einen Becher Kakao daneben, ein Schälchen Marmelade und eine Banane und sucht sich anschließend einen Platz am Fenster.

Obwohl sie sich extra Zeit lässt, ist sie schon zehn Minuten später mit dem Frühstück fertig. Irgendwie macht es keinen Spaß, so mutterseelenallein an einem Tisch zu hocken, aus dem Fenster oder in den Kakao zu starren und mit niemandem zu sprechen. Sie bringt das Tablett schnell weg und läuft durch die große Eingangshalle aus dem Schloss. Vielleicht ist Jonas schon da und wartet auf sie. Dann können sie gleich losfahren. Vorausgesetzt, er hat an den Helm für sie gedacht.

Er hat daran gedacht. Das sieht Carlotta schon von weitem. Jonas steht am Ende der Allee und winkt. Neben ihm parkt ein Motorroller, der in auffälligen Neonfarben lackiert ist. Auf der Sitzbank liegen zwei Schutzhelme. Mit ihren hochgeklappten Visieren sehen sie aus, als würden sie Carlotta neugierig anschauen.

Sie läuft ein bisschen schneller.

„Hi!“, begrüßt Jonas sie. Er breitet lächelnd die Arme aus.

„Hi!“ Carlotta schmiegt sich in seine Umarmung.

Sie bleiben einen Augenblick so stehen. Carlottas Wange ruht an Jonas’ Brust. Durch den Stoff des T-Shirts kann sie seinen Herzschlag spüren. Kommt es ihr nur so vor oder schlägt er im gleichen Takt wie ihrer?

Als sie ihr Gesicht anhebt, gibt Jonas ihr einen Stups auf die Nasenspitze. „Wollen wir los?“

„Ja, klar! Wirklich nett von deinem Freund, dass er uns seinen Roller leiht.“

Jonas nickt.

Carlotta schlüpft in ihre Jeansjacke und wirft sich den Rucksack über die Schultern. Dann nimmt sie den Motorradhelm, den Jonas ihr reicht, und setzt ihn vorsichtig auf. Es fühlt sich total ungewohnt an. Alle Geräusche sind plötzlich viel leiser. Carlotta fühlt sich wie eine Astronautin.

Jonas hilft ihr mit dem Verschluss und ruckelt anschließend prüfend daran.

„Sitzt“, stellt er fest und gibt ihr noch ein Paar Handschuhe. Sie sind ein kleines bisschen zu groß.

Auch Jonas setzt seinen Helm auf. Er klickt den Kinnriemen zu und schwingt sich auf die Sitzbank. Carlotta setzt sich hinter ihn. Ihre Füße stellt sie links und rechts in die dafür vorgesehenen Mulden, genau so, wie Jonas es ihr vorher gezeigt hat.

„Halt dich gut fest!“ Jonas’ Stimme klingt gedämpft. Er startet den Motor, klappt sein Visier herunter und gibt vorsichtig Gas. Carlotta hält die Luft an. Sie kann gerade noch ihr Visier schließen, die Arme um Jonas’

Taille schlingen und die Augen zumachen, dann rollen sie schon los.

Jonas setzt den Blinker, wirft einen Blick über die Schulter und dreht am Gasgriff. Der Motor knattert laut. Wenig später brausen sie über die Landstraße.

Carlotta spürt den Fahrtwind und unterdrückt einen Jubelschrei. Es ist ein tolles Gefühl. Einfach unbeschreiblich. Fast wie Fliegen! Ihre anfängliche Nervosität ist wie weggepustet. Sie fühlt sich sicher und geborgen. Ihre Arme umschließen Jonas' Mitte wie ein Sicherheitsgurt. Dass ihre Füße nur knapp über dem Asphalt schweben und die Landschaft ziemlich rasant an ihr vorbeisaust, vergisst sie. Auch der Geruch des Benzins und das laute Dröhnen des Motors stören sie nicht. Es ist zwar nicht gerade romantisch, aber es macht einen Riesenspaß!

Jonas fährt ziemlich forsch. Jedenfalls kommt es Carlotta so vor. Er scheint auch nicht daran zu denken, langsamer zu werden. Im Gegenteil, Carlotta hat das Gefühl, als würde er nach jeder Kurve noch ein bisschen mehr beschleunigen. Wie schnell sie wohl fahren?

Je länger sie darüber nachdenkt, desto weniger will sie es wissen. Für ihren Geschmack ist es auf jeden Fall schnell genug.

Die Straßen sind so früh am Samstagmorgen noch fast leer. Hin und wieder kommt ihnen ein einzelnes Auto entgegen oder sie werden von einem Lieferwagen überholt. Irgendwann geht die gerade Landstraße in eine sanfte Kurvenstrecke über. Carlotta passt sich den Bewegungen an und bekommt ein Gespür dafür, wie sie ihr Gewicht verlagern muss. Sie traut sich sogar ihren Kopf zu drehen.

Wohin sie wohl fahren? Ihre Sitzposition ist nicht besonders bequem und die Bank nicht so weich, wie sie zuerst aussah. Carlotta spürt jede einzelne Bodenwelle bis in die Knochen. Sie würde zu gerne ihre Beine ausstrecken, aber sie traut sich nicht.

Als sie nach einer halben Ewigkeit durch ein Waldstück rollen, wird der Roller endlich langsamer. Jonas klappt sein Visier hoch.

„Alles klar dahinten?“, fragt er über die Schulter.

„Ja!“, ruft Carlotta zurück. Sie wagt es nicht ihre Arme zu lösen und das Helmvisier ebenfalls aufzumachen.

„Wir sind gleich da“, sagt Jonas. Er hebt eine Hand und zeigt nach vorn.

„Super!“, ruft Carlotta.

Jonas legt die Hand wieder an den Lenker und gibt

Gas. Nach ein paar weiteren Kilometern verlassen sie die Landstraße und biegen in einen schmalen, holprigen Kiesweg ein. Carlotta wird heftig durchgeschüttelt. Sie atmet erleichtert auf, als sie das Ende des Wegs erreichen und Jonas anhält.

Sie stehen auf einer kiefernbewachsenen Anhöhe. Vor ihnen liegt das Meer.

„Wow!", ruft Carlotta. Sie löst ihre Hände und schiebt das Visier hoch.

Jonas stellt den Motor aus. In Carlottas Ohren summt es leise. Die plötzliche Stille ist unglaublich. Sie nestelt den Kinnriemen auf, zieht den Helm ab und atmet tief ein. Frische, salzige Seeluft füllt ihre Lungen. Der Wind greift in ihre Haare und lässt sie flattern. Carlotta streift die Handschuhe ab und streckt die Arme aus.

„Ist das schön hier!"

Jonas nimmt seinen Helm ab und nickt.

Sie bleiben sitzen und genießen die Aussicht. Dann steigt Carlotta ab. Ihre Beine fühlen sich wie Wackelpudding an. Ihren Hintern spürt sie fast nicht mehr.

Jonas stellt den Motorroller auf den Mittelständer. Dann klappt er die Sitzbank hoch und bringt eine Flasche Cola zum Vorschein. Carlotta leckt sich über die

Lippen und trinkt einen großen Schluck. Danach hängen sie ihre Helme an den Lenker und machen sich an den Abstieg hinunter zum Strand.

Der Weg führt über eine steile Holzstiege, die direkt in den Hang gebaut ist. Es ist eine ziemliche Kraxelei. Carlotta kommt sich wie eine Bergziege vor. Als sie einmal strauchelt und zu stolpern droht, hält Jonas sie schnell fest.

Am Fuß der Treppe breitet sich ein halbmondförmiger Sandstrand aus. Die kleine Bucht ist an beiden Seiten von Steinen begrenzt, die aussehen, als wären sie im Laufe vieler Jahrzehnte von oben heruntergerutscht und dann halb an Land, halb im Wasser liegen geblieben.

„Ein Privatstrand!", jubelt Carlotta. „Das ist genial!"

Jonas grinst.

„Die Überraschung ist dir echt gelungen!" Carlotta strahlt über das ganze Gesicht.

Jonas geht langsam bis an den Wassersaum und stellt die Flasche in das flache Wasser zwischen die Steine, während Carlotta schon einen windgeschützten Fleck sucht und dort ihr Badetuch ausbreitet. Anschließend nimmt sie ihre Kamera und macht ein paar Aufnahmen. Von der Steilküste, der Holzstiege, dem Strand, dem Meer. Und von Jonas natürlich.

Sie knipst ihn so lange, bis er beide Hände vors Gesicht hält und sich einfach rückwärts in den Sand fallen lässt.

„Gnade! Ich bin doch kein Fotomodell!"

„Du könntest aber irgendwann mal eins werden, und dann hab ich dich entdeckt", kontert Carlotta. Sie prüft die Fotos auf dem Display und grinst zufrieden.

Weil Jonas sich weigert, länger als Fotomotiv herzuhalten, legt sie die Kamera schließlich weg und holt die Kaugummis aus ihrem Rucksack. Sie reicht Jonas einen Streifen. „Bitte sehr, dein Honorar."

Jonas rappelt sich hoch, nimmt den Streifen lachend entgegen und lässt sich neben sie auf das Strandtuch sinken. Mit einer Hand zieht er seinen MP3-Player aus der Tasche und entwirrt das Kabel, bevor er Carlotta einen Ohrstöpsel reicht. Den anderen schiebt er sich selbst ins Ohr. Zuerst rauscht es nur, dann singt eine Stimme: *„Leg deinen Kopf an meine Schulter, es ist schön, ihn da zu spüren …"*

„Wer ist das?", fragt Carlotta.

„Die Toten Hosen", erwidert Jonas. „Der Song heißt Bonnie und Clyde."

Carlotta schaut aufs Meer und lauscht auf den Text. Er handelt von einem Gangsterpärchen, das ein Auto klaut und damit herumfährt, um Banken auszurauben. Natürlich werden sie von der Polizei verfolgt, aber das scheint ihnen nichts auszumachen. Für Bonnie und Clyde geht es nur darum, frei zu sein. Alles andere ist ihnen egal; sogar der Tod.

„Du bist Bonnie, ich bin Clyde", singt Jonas leise mit.

„Zum Glück nicht!" Carlotta stützt sich auf die Ellbogen und kichert.

„Wieso? Fändest du's nicht cool, jemanden so zu lieben, dass du lieber mit ihm zusammen sterben würdest, als dich von ihm zu trennen?", fragt Jonas.

Carlotta wiederholt die letzte Liedzeile, in der es um Tod oder Freiheit geht.

„Nee, danke", sagt sie. „Eigentlich leb ich ganz gern."

„Ich auch", entgegnet Jonas. „Aber mir gefällt's trotzdem. Es geht um die Freiheit, einfach so zu leben, wie man will."

„Ohne Rücksicht auf Verluste?" Carlotta runzelt die Stirn.

„Wenn's sein muss …", sagt Jonas ungerührt.

Carlottas Stirnfalten vertiefen sich. „Was soll das denn heißen?“

Jonas antwortet nicht. Er lächelt nur.

Sie verbringen den ganzen Vormittag am Strand. Sie unterhalten sich, dösen, kuscheln, träumen. Leider ist das Meer viel zu kalt zum Schwimmen. Sie gehen nur mit den Füßen hinein und spritzen sich gegenseitig nass.

Gegen Mittag ziehen plötzlich Wolken auf und verdunkeln die Sonne. Von der offenen See kommt eine Windböe und fegt die feinen Sandkörner vor sich her.

Carlotta setzt sich auf und schirmt die Augen mit der Hand ab.

„Hey!“, schimpft Jonas. „Wo ist das schöne Wetter hin?“

„Das macht Urlaub in der Karibik“, vermutet Carlotta. Sie wischt sich den Sand von der Jeans und springt auf, um einen Schluck Cola zu trinken. Ohne die Sonnenwärme fühlt sich der Wind richtig kühl an. Carlotta zieht fröstelnd die Schultern hoch.

Jonas stellt sich neben sie und nimmt ihr die Flasche ab, um ebenfalls einen Schluck zu trinken. Er betrachtet nachdenklich den Horizont.

„Das sieht nach Regen aus", meint er. „Wir sollten uns wohl besser verkrümeln."

Carlotta stimmt ihm zu. Die Wolken sehen wirklich nicht sehr freundlich aus.

Sie schütteln das Handtuch aus und packen zusammen. „Wann musst du den Motorroller eigentlich zurückbringen?", fragt Carlotta.

Jonas zuckt mit den Schultern. „Wir haben keine feste Uhrzeit vereinbart. Am besten setz ich dich zuerst am Schloss ab und bring dann den Roller zurück."

„Hoffentlich schaffen wir's noch im Trocknen", seufzt Carlotta. „Zu blöd, dass wir keine Regenjacken eingepackt haben."

„Wer rechnet denn schon mit so was", grummelt Jonas. Seine Miene ist fast genauso düster wie der Horizont.

Sie klettern die schmale Stiege hoch. Oben geht Jonas zu dem parkenden Roller und kickt ihn an. Carlotta schlüpft in ihre Jacke und setzt den Helm auf. Täuscht sie sich oder hat sie gerade einen Tropfen abbekommen?

Eine Rückfahrt im Regen ist bestimmt nicht sehr angenehm, auf einer unbequemen, klatschnassen Sitzbank. Sieht man überhaupt noch etwas durch das Visier, wenn es regnet? Sie wischt mit der Handfläche über die Plastikscheibe. Keine Spur von einem Scheibenwischer. Eine echte Fehlkonstruktion!

„Beeil dich, bitte“, sagt sie zu Jonas und schwingt sich hinter ihm auf den Sitz.

„Worauf du dich verlassen kannst“, knurrt er zurück.

Kaum haben sie den holprigen Strandweg verlassen und die Landstraße erreicht, fallen auch schon die ersten dicken Tropfen. Carlotta stößt einen Fluch aus. Sofort beschlägt das Visier von ihrem Atem. Sie kauert sich enger an Jonas. An der Landstraße wendet er den Kopf nach links und rechts.

„Festhalten!“, ruft er und gibt Vollgas.

Carlotta krallt sich an seiner Jeansjacke fest und schließt die Augen. Schon nach wenigen Kilometern hat sie keinen trockenen Faden mehr am Leib. Obwohl erst Nachmittag ist, ist es schon fast dunkel. Der Regen rinnt ihr in den Nacken, in die Schuhe, in den Bund ihrer Jeans. Sie beißt die Zähne zusammen. Das hier ist kein harmloser Schauer, sondern ein Wolkenbruch. So viel ist sicher.

Jonas stemmt sich gegen den Fahrtwind und dreht den Gasgriff bis zum Anschlag auf. Plötzlich spürt Carlotta, wie seine Muskeln sich versteifen. Gleichzeitig schlingert der Roller unter ihnen. Jonas bekommt ihn sofort wieder unter Kontrolle. Trotzdem hat Carlottas Herzschlag vor Schreck kurz ausgesetzt.

Sie versucht über Jonas' Schulter zu spähen, aber ihr Visier ist inzwischen so beschlagen, dass sie nur die Scheinwerfer eines entgegenkommenden Fahrzeugs sehen kann. Alles andere ist total verschwommen. Wenn sie sich wenigstens trauen würde, eine Hand von Jonas' Taille zu lösen. Dann könnte sie die blöde Plastikscheibe vielleicht mit dem Handschuh abwischen. Aber sie hat buchstäblich alle Hände voll damit zu tun sich festzuhalten. Besonders, als der Motorroller über eine Unebenheit rumpelt und seitlich ausbricht. Carlotta schreit erschrocken auf.

„Halt dich fest!", ruft Jonas. Er duckt sich noch tiefer über den Lenker.

Carlotta spürt kalte Panik in sich aufsteigen. Sie sind nicht mehr auf der Straße. Unter ihnen ist kein Asphalt mehr. Kies spritzt auf. Der Roller rutscht und schlittert über den Seitenstreifen. Nasser Lehm klatscht gegen ihr Visier und nimmt ihr das letzte bisschen Sicht. Ein dürrer Zweig peitscht gegen ihre Schulter. Am liebsten würde Carlotta abspringen, aber dazu fehlt ihr der Mut.

„Stopp!“, schreit sie Jonas zu. „Halt an!“

Doch Jonas fährt einfach weiter.

Wie kann er einfach weiterfahren, wenn unter uns keine Straße mehr ist?, denkt Carlotta entsetzt.

Sie wagt kaum noch zu atmen. Ihr Herz hämmert. Links und rechts tauchen die unscharfen Konturen von Bäumen auf.

Carlottas Hände sind total verkrampft, so sehr klammert sie sich an Jonas fest. Ab und zu blitzt Scheinwerferlicht auf. Sie hat keine Ahnung, ob es von dem Motorroller selbst kommt oder von einem anderen Fahrzeug. In das Knattern des Rollermotors hat sich ein weiteres Geräusch gemischt. Ein dunkles Brummen, wie von einem Auto.

Urplötzlich bricht der Roller noch einmal aus. Heftiger als beim ersten Mal. Der Hinterreifen dreht durch. Der Roller gerät in Schräglage. Er neigt sich zuerst nach links, schlingert ein paar Meter und kippt dann nach rechts. Jonas gelingt es noch ihn wieder hochzureißen, doch dann gewinnt die Schwerkraft. Wie in Zeitlupe kippt der Motorroller auf die Seite und rutscht noch ein ganzes Stück weiter. Der Zweitaktmotor heult gequält auf.

Carlotta kann sich nicht länger festhalten. Sie spürt, wie sie durch die Luft segelt, eine halbe Vorwärtsrolle macht und schließlich unsanft in einen Graben geschleudert wird.

Benommen bleibt sie liegen und wagt sich nicht zu rühren. Bestimmt hat sie sich sämtliche Knochen gebrochen. Wo ist Jonas? Warum hilft er ihr nicht?

Sie zerrt an ihrem Helm, aber ihre Finger sind so klamm und gefühllos, dass sie das Kinnschloss nicht aufbekommt. Außerdem zittern ihre Hände wie verrückt.

„Hilfe …“, wimmert sie und versucht sich aufzurichten.

„Stehen bleiben!“, hört sie einen lauten Ruf.

Stehen bleiben? Soll das ein Witz sein? Falls ja, ist es ein verdammt schlechter.

Sie liegt in einem Graben und kann sich nicht rühren. Von wegen stehen bleiben …

Obwohl ihr nicht danach zu Mute ist, lacht Carlotta auf.

„Hilfe!“, ruft sie. „Kann mir mal jemand helfen?“

Bis ans Ende dieser Welt

„Hier spricht die Polizei! Bleiben Sie, wo Sie sind!"

Polizei? Wieso denn Polizei?

Carlotta versucht sich hochzurappeln, aber der Graben ist viel zu tief und zu matschig. Ihre Hände flattern wie verrückt. Außerdem zerrt das Gewicht des nassen Rucksacks an ihr. Plötzlich fühlt sie sich von zwei starken Händen gepackt und hochgezogen.

Danke, will sie sagen, aber aus ihrer Kehle kommt nur ein heiseres Krächzen.

„Aua, Mann!"

Das war eindeutig Jonas' Stimme.

Wo steckt er?

Was geht hier vor?

Carlotta richtet sich vorsichtig auf. Vor ihr steht ein Polizist. Nein, eine Polizistin. Carlotta will lächeln, aber dann lässt sie es lieber. Die Frau sieht nicht sehr freundlich aus.

„Sind Sie verletzt?", fragt die Beamtin. Sie mustert Carlotta von oben bis unten. „Haben Sie Schmerzen? Brauchen Sie einen Arzt?"

„Nein, danke. Mir geht's gut. Glaub ich jedenfalls." Carlotta schüttelt den Kopf. Endlich gelingt es ihr, das Helmschloss zu öffnen. „Wo ist Jonas? Ich will zu ihm. Wir hatten einen Unfall mit dem Motorroller und …"

Sie reißt sich den Helm vom Kopf und wirft ihn achtlos neben sich.

Von irgendwoher taucht Jonas auf. Er bestürmt sie sofort mit Fragen.

„Geht's dir gut? Tut dir was weh? Ist alles okay?"

Er will sie in den Arm nehmen, aber ein Polizist hält ihn zurück. Jonas versucht die Hand abzuschütteln, doch der Beamte lässt nicht los. Im Gegenteil, er dreht Jonas kurzerhand den Arm auf den Rücken.

„Hey!", protestiert Jonas.

„Ganz ruhig!", sagt der Polizist.

Carlotta zuckt zusammen. Sie hat das Gefühl, im falschen Film zu sein. Gleichzeitig befürchtet sie, dass ihre Beine jeden Augenblick unter ihr nachgeben. Sie würde sich gerne irgendwo hinsetzen, aber hier gibt es weit und breit nichts. Sie schaut sich um. Bäume, aufgewühlte Erde, der kaputte Roller, der auf der Seite liegt, und dazu ein Streifenwagen, dessen Blaulicht unaufhörlich blinkt. Auf der Signalleiste, die auf dem Dach des Wagens befestigt ist, leuchten die Worte „STOPP – POLIZEI“ in Endlosschleife.

Carlotta streift ihren Rucksack von den Schultern und lässt ihn zu Boden gleiten.

„Ihre Papiere, bitte!“, sagt die Polizistin. „Fahrerlaubnis, Betriebserlaubnis, Versicherungsschein, Personalausweis.“

„Was ist denn überhaupt passiert?“, fragt Carlotta. „Wir sind irgendwie von der Fahrbahn abgekommen. Jonas ist gefahren. Es ging alles ganz schnell. Der Roller ist aus der Spur geraten und …“

Sie bricht ab. Sie weiß ja selbst nicht, was geschehen ist. Wie soll sie es dann erklären?

Die Polizistin streckt eine Hand aus und wartet auf die Papiere.

„Mein Ausweis ist in meinem Portemonnaie.“ Carlotta bückt sich, um ihren Geldbeutel aus dem Rucksack zu ziehen. Sie hört, wie Jonas sagt: „Ich hab keine Papiere dabei. Nur meinen Perso. Der Roller gehört mir nicht.“

Endlich schafft Carlotta es, ihren Ausweis aus dem schmalen Fach des Portemonnaies zu ziehen. Sie reicht ihn der Beamtin. Die wirft einen Blick darauf, vergleicht das Foto mit Carlottas Gesicht, dreht den Ausweis um und gibt ihn schließlich an ihren Kollegen weiter, der schon Jonas' Ausweiskarte in der Hand hält und damit zum Streifenwagen geht.

Carlottas und Jonas' Blicke treffen sich.

„Es tut mir leid", stößt er hervor. Seine Augen wirken riesengroß und sehr verzweifelt in seinem blassen Gesicht. Die strohblonden Haare stehen wild in alle Richtungen ab. „Sorry, Carlotta …"

Der junge Polizist kehrt zurück. Anscheinend hat er über Funk Erkundigungen eingezogen. Er mustert Jonas mit undurchdringlicher Miene.

„Der Roller wurde als gestohlen gemeldet und ist nicht versichert. Sie haben keine gültige Fahrerlaubnis. Wir müssen Sie bitten, uns aufs Revier zu begleiten, um Ihre Personalien aufzunehmen."

„Was?", entfährt es Carlotta. Ihr Herz fühlt sich mit einem Mal eiskalt an. Außerdem tut ihr Knie weh. Sie hat Kopfschmerzen, sie zittert. Alles auf einmal, alles zusammen.

Sie nimmt das letzte bisschen Kraft zusammen.

„Das stimmt doch nicht!", protestiert sie. „Jonas hat den Roller von einem Freund geliehen. Bestimmt ist es nur eine Verwechslung. Ein Versehen. Bitte!"

„Wir sagen hier gar nichts mehr!", mischt Jonas sich ein. Seine Stimme klingt trotzig.

Der Polizist nickt.

„Selbstverständlich haben Sie das Recht die Aussage zu verweigern", sagt er.

„Alles Weitere werden wir auf dem Revier klären", fügt die Polizistin hinzu. „Sie sind beide minderjährig. Wir müssen Ihre Eltern verständigen. Ohne deren Einverständnis dürfen Sie gar keine Aussage machen. Ihre Eltern sollten dabei sein, wenn Sie sich zu dem Unfallhergang äußern."

„Meine Eltern wohnen nicht hier. Ich lebe im Internat", sagt Carlotta.

„In Prinzensee?", fragt die Beamtin. Unter ihrer Dienstmütze lugt ein blonder Pferdeschwanz hervor. Eigentlich sieht sie ganz nett aus, stellt Carlotta fest und nickt.

„Dann rufen wir dort an. Und was ist mit Ihren Eltern?", wendet sich die Beamtin an Jonas.

„Mein Vater ist Hausmeister im Internat", antwortet Jonas matt.

„Okay.“ Die blonde Polizistin nickt ihrem Kollegen zu. Der macht sich eine Notiz. „Sie können uns die Telefonnummern auf dem Revier geben.“

Carlotta glaubt zu träumen. Es kann doch nicht wahr sein, was hier gerade abgeht! Es muss ein Albtraum sein. Es geht gar nicht anders. Sie starrt Jonas an.

„Sag bitte was!“, fordert sie ihn auf. „Das ist doch hoffentlich alles nur ein Missverständnis, oder? Mann, Jonas, sag was! Ich will sofort nach Hause!“

„Der Roller ist geliehen“, brummelt Jonas in eine unbestimmte Richtung. „Das ist die Wahrheit. Ob er versichert ist, weiß ich nicht. Mein Kumpel hat mir keine Papiere mitgegeben.“

Im Gegensatz zu den Polizisten kann Carlotta ihr Entsetzen kaum verbergen.

„Und was ist mit deiner Fahrerlaubnis?“

Sie schließt die Augen. Sie kennt die Antwort schon. Jonas hat es ihr doch selbst erzählt: Er hat keine.

„Es tut mir leid, Carlotta. Ehrlich ...“ Jonas vergräbt sein Gesicht in beiden Händen. Als er wieder aufschaut und noch etwas sagen will, bringt Carlotta ihn mit einem eisigen Blick zum Schweigen. Dann wendet sie sich wortlos ab.

Die Polizistin begleitet sie zu dem Streifenwagen

und öffnet die hintere Tür. Carlotta schlüpft auf die Rückbank. Von der anderen Seite rutscht Jonas auf den Sitz.

„Schnallen Sie sich bitte an", sagt die Beamtin.

„Und was passiert mit dem Roller?", fragt Jonas. Seine Stimme zittert.

„Wir lassen ihn abholen. Er wird von einem technischen Sachverständigen untersucht", erklärt der Polizist.

Jonas scheint auf seinem Sitz zu schrumpfen.

„Der Roller ist für eine Höchstgeschwindigkeit von 25 Stundenkilometern zugelassen. Laut unserem Tacho waren Sie deutlich schneller. Das ist ein Verstoß gegen die Fahrzeugzulassungsordnung und das Kraftfahrzeugsteuergesetz. Der Gutachter wird feststellen, ob eine Manipulation vorliegt. Zulassungsrechtlich ist ein solcher Roller kein Mofa mehr. Zumal Sie zu zweit darauf gesessen haben. Sie haben nicht nur sich selbst, sondern auch den Straßenverkehr gefährdet." Der Polizist rückt seine Mütze gerade. Dann legt er den Sicherheitsgurt an und dreht den Zündschlüssel um.

Carlottas Herz rast wie verrückt. Sie sitzt in einem Streifenwagen. In einem STREIFENWAGEN! Sie stöhnt auf.

„Auch wenn uns die ganze Welt verfolgt, wir kümmern uns nicht darum …“, murmelt Jonas.

Carlotta glaubt nicht richtig zu hören.

„Spinnst du?“, faucht sie ihn an. „Ich bin keine bescheuerte Gangsterbraut! Wir sind nicht Bonnie und Clyde! Lass mich in Ruhe!“

Aufschluchzend dreht sie das Gesicht weg. Sie starrt aus dem Fenster ohne etwas wahrzunehmen. Bittere Tränen laufen über ihr Gesicht. Sie lässt sie einfach fließen. Als Jonas nach ihrer Hand greifen will, stößt sie ihn weg.

Im Polizeirevier müssen sie getrennt voneinander warten. Carlotta hockt auf einer harten Holzbank. Jonas sitzt am anderen Ende des Zimmers auf einem Stuhl und starrt die Wand an, an der Steckbriefe von Bankräubern und Vermisstenmeldungen hängen.

Carlotta fühlt sich wie eine Schwerverbrecherin. Uniformierte Polizisten laufen hin und her. Einige mustern sie kritisch und neugierig zugleich; andere gehen an ihr vorbei, als wäre sie Luft. Ein Beamter sitzt an seinem Schreibtisch in der Mitte des Raums und lässt sie und Jonas nicht aus den Augen.

Carlotta wünscht sich nichts sehnlicher, als Luft zu sein. Dann wäre sie unsichtbar und könnte einfach von hier verschwinden. Sie unterdrückt ein neuerliches Aufschluchzen.

Ich hab doch gar nichts getan!, denkt sie verzweifelt.

Nichts getan?, flüstert eine Stimme in ihrem Kopf. *Du bist mit Jonas auf einem Motorroller gefahren, obwohl du wusstest, dass er keine Fahrerlaubnis hat!*

Plötzlich fühlt sich Carlotta ganz klein. Klein und hilflos.

Mama und Papa flippen aus, wenn sie erfahren, was passiert ist, denkt sie. Besonders Mama. Wenn sie doch nur hier wären. Alle beide. Papa wüsste bestimmt, was zu tun wäre. Er würde mich in den Arm nehmen und trösten und …

Eine Stimme reißt sie aus ihren Gedanken.

„Möchtet ihr etwas trinken? Limo, Wasser, Kaffee, Saft?“

Vor ihr steht ein älterer Polizist. Er sieht freundlich aus, mit seinem gemütlichen Bauch, über dem das dunkle Uniformhemd spannt, den kurzen grauen Haaren und dem offenen Lächeln.

Carlotta nickt. „Eine Limo wäre prima."

„Du auch?", wendet sich der Polizist an Jonas.

Der nickt ebenfalls und fügt murmelnd „Danke" hinzu.

Carlotta ist froh, dass der Abstand zwischen ihr und Jonas so groß ist. Sie hockt hier auf ihrer Bank, Jonas kippelt auf seinem Stuhl. Dazwischen befinden sich einige Kubikmeter Luft und der Schreibtisch des Beamten, der auf sie aufpassen soll. Trotz dieser Distanz nimmt Carlotta jede einzelne Regung von Jonas wahr. Er rutscht nervös hin und her, schlägt seine Beine übereinander, löst sie wieder, verschränkt die Arme, wippt mit den Knien. Dazu kommen noch die abgrundtiefen Seufzer, die er in regelmäßigen Abständen ausstößt. Carlotta ist kurz davor ihn anzuschnauzen, dass er damit aufhören soll. Am besten wäre sowieso, er würde verschwinden. Vielleicht in einen anderen Raum. Noch besser in ein anderes Universum. Hauptsache, weit weg!

Als der freundliche Polizist mit zwei Pappbechern zurückkommt, muss Carlotta sich zu einem Lächeln zwingen. Viel lieber würde sie heulen. Aber dann würde sie garantiert die Brause verschütten.

„Vielen Dank", sagt sie und zieht schniefend die Nase hoch.

Der Polizist nickt ihr zu und geht wieder.

Jonas will etwas sagen, da taucht die junge Polizistin vom Unfallort auf. Oder heißt es Tatort? Carlotta ist sich nicht ganz sicher. Sie trinkt einen Schluck und hält anschließend die Luft an. Die Polizistin kommt direkt auf sie zu.

„Wir werden Ihnen jetzt unser Protokoll zum Unfallhergang vorlesen", sagt sie. „Getrennt voneinander. Mein Kollege kommt gleich."

„Haben Sie unsere Eltern schon erreicht?", fragt Carlotta mit zittriger Stimme.

„Ich habe im Internat angerufen", erwidert die Polizistin. „Wir bringen Sie nachher dorthin zurück. Im Sekretariat wird man sich um alles Weitere kümmern und sicher auch Ihre Eltern informieren."

„Und was ist mit meinen Eltern?", will Jonas wissen.

„Die sind schon auf dem Weg", entgegnet die Polizistin kurz angebunden.

Jonas zieht den Kopf ein.

Carlotta folgt der Beamtin in ein kleines Büro und setzt sich auf einen Stuhl. Den Pappbecher behält sie in der Hand und dreht ihn nervös hin und her.

„Ich lese Ihnen jetzt die Angaben zu Ihrer Person vor“, erklärt die Polizistin ruhig. „Wenn etwas falsch ist, verbessern Sie mich bitte sofort.“

Carlotta nickt. Sie findet es seltsam gesiezt zu werden, aber sie traut sich nicht zu sagen, dass ihr ein freundliches Du lieber wäre. Vielleicht dürfen Polizeibeamte Jugendliche ab einem bestimmten Alter offiziell nicht mehr duzen. Wer weiß.

Die Beamtin rattert die Angaben ohne jede Gefühlsregung herunter. Carlottas Vor- und Nachname, ihr Geburtsdatum, der Geburtsort, Familienstand, Anschrift. Carlotta hört angespannt zu.

„Ja“, seufzt sie schließlich. „Das stimmt alles.“

Die Polizistin lächelt zum ersten Mal.

„Ich verlese nun noch unser Protokoll zum Tathergang und dem Unfallgeschehen“, erklärt sie. „Es geht darum festzustellen, was überhaupt passiert ist.“

Sie schaut auf ihren Computermonitor und korrigiert eine Eingabe. „In den nächsten Tagen werden Sie eine schriftliche Vorladung bekommen, um Ihre Aussage zu machen. Sie haben natürlich das Recht, die Aussage bei der Polizei zu verweigern. Jonas hat Sie eindeutig entlastet. Ihnen wird nichts vorgeworfen. Sie sind nur Zeugin. Vor Gericht werden Sie allerdings

Angaben machen müssen. Am besten beraten Sie sich mit Ihren Eltern und einem Anwalt. Ihre Eltern sollten dabei sein, wenn Sie aussagen."

„Okay", murmelt Carlotta. Es gibt nichts, was sie lieber täte, als sich mit ihren Eltern zu beraten. Sie wünschte, sie wären hier.

Sie versucht sich auf den Bericht zu konzentrieren, den die Polizistin vorliest. Demnach ist der Motorroller aufgefallen, weil er viel zu schnell gefahren ist. Der Streifenwagen hat gewendet und ist dem Roller gefolgt, um Jonas zum Anhalten zu bewegen. Aber der ist der Anordnung nicht nachgekommen. Weder hat er auf die Polizeikelle reagiert noch das Blaulicht und die Aufforderung beachtet, rechts heranzufahren und anzuhalten. Stattdessen hat er den Roller noch beschleunigt.

„Ich hab überhaupt nicht gemerkt, dass ein Polizeiwagen hinter uns war", entfährt es Carlotta. „Es hat geregnet, mein Visier war total beschlagen. Ich konnte nichts sehen und auch nichts hören!"

Sie trinkt die Limo aus und drückt anschließend den Pappbecher fest zusammen. Wenn sie die Polizei nicht bemerkt hat, ging es Jonas bestimmt genauso. Es war also doch ein Missverständnis. Oder?

„Wenn Sie keine Einwände haben, drucke ich das Protokoll jetzt aus“, sagt die Polizistin, ohne auf ihren Einwurf zu achten.

Carlotta nickt. Als die Beamtin ihr den Ausdruck reicht und sie bittet, den Text noch einmal durchzulesen, verschwimmen die Buchstaben vor ihren Augen.

„Darf ich jetzt nach Hause? Mir geht's nicht gut.“ Carlotta steht auf.

„Sollen wir einen Arzt rufen oder Sie ins Krankenhaus bringen?“, fragt die Polizistin sofort.

Carlotta schüttelt den Kopf. „Nein, danke. Ich möchte einfach nur nach Hause.“

Nach Hause, wiederholt sie in Gedanken. Ja, das wäre toll, wenn ich in mein altes Zuhause zurückkönnte. Mit Mama und Papa, meinen uralten Teddys, meinem gemütlichen Kinderzimmer und einer Riesentüte Gummibärchen. Leider gibt es dieses Zuhause nicht mehr. Stattdessen hab ich inzwischen drei neue: eins im Internat, eins bei Dad und eins bei Mam und ihrer neuen Familie. Kann mir bitte mal jemand sagen, welches davon mein richtiges Zuhause ist?

Sie ächzt leise.

„Sind Sie sicher, dass alles in Ordnung ist?“, erkundigt sich die Polizistin besorgt.

„Ja“, versichert Carlotta. „Ich bin nur müde.“

Die Polizistin öffnet die Tür. Sie verlassen das Büro. Der Flur ist leer. Keine Spur von Jonas.

Carlotta atmet erleichtert auf. Sie legt keinen Wert darauf ihn in den nächsten hundert Jahren wiederzusehen.

Dabei weiß sie eigentlich gar nicht, über wen sie sich mehr ärgert: über Jonas oder über sich selbst. Sie hätte sich niemals auf diesen bescheuerten Motorroller setzen dürfen. Jonas hätte sich den Roller gar nicht erst ausleihen dürfen. Er hätte seinen Freund nach den Papieren fragen müssen. Auf jeden Fall hätte er zuerst diese dämliche Fahrprüfung machen müssen. Und er hätte sie niemals zu dem Ausflug mitnehmen dürfen.

Gefährdung des Straßenverkehrs, Verstoß gegen die Fahrzeugzulassungsordnung … Schon die Worte allein lösen einen Wirbelsturm in Carlottas Kopf aus. Ist Jonas jetzt vorbestraft? Muss er vielleicht sogar ins Jugendgefängnis?

Sie denkt an eine Liedzeile des Songs auf Jonas' MP3-Player: *„Ich geh mit dir durch dick und dünn.“*

Ist es das, was Jonas jetzt von ihr erwartet? Dass sie zu ihm hält? Trotz allem, was geschehen ist?

Ich weiß nicht, ob ich das kann, denkt Carlotta. Ich weiß ja nicht mal, ob ich das überhaupt will!

Von der Autofahrt bekommt sie nicht viel mit. Die Polizistin sitzt am Steuer. Weil sie nichts sagt, sagt Carlotta auch nichts. Immerhin fährt die Beamtin nicht bis vor die große Eingangstür des Schlosses. Sie lenkt den Wagen bis zum Oberstufenhaus und hält dort an. „Ich begleite Sie noch ins Haus“, sagt sie und stellt den Motor aus.

„Muss das sein?“, fragt Carlotta. Sie denkt an die Barbies. Die werden sich garantiert das Maul zerreißen, wenn sie sie in Begleitung einer Polizistin sehen.

Die Beamtin nickt wortlos.

Carlotta nimmt ihren Rucksack und steigt aus. Von den Bäumen tropft Regen. Nass und kalt. Er vermischt sich mit ihren Tränen.

Als sie sich hinter der Polizistin in Bewegung setzt, fühlt es sich an, als würde sie durch klebrigen Sirup waten. Jeder Schritt ist eine ungeheure Anstrengung.

Die Haustür geht auf. Hilke und Benno, die Betreuer des Oberstufenhauses, treten heraus und sprechen mit der Beamtin. Sie scheinen schon Bescheid zu wissen.

Hilke nimmt Carlotta mit einem Lächeln in Empfang.

„Die Polizei hat den Direktor angerufen. Er hat uns informiert. Mach dir keine Sorgen. Alles wird gut."

Carlotta würde gerne zurücklächeln, aber sie schafft es nicht. Ihr Herz klopft wie nach einem Marathonlauf. Bestimmt wartet Dr. Brönne schon auf sie. Aber sie sollte vielleicht lieber duschen, bevor sie sich im Sekretariat meldet. Frische Klamotten wären auch nicht schlecht.

„Ich seh garantiert aus wie eine Vogelscheuche", murmelt sie. „Wie eine Vogelscheuche, die mit der Nase in den Dreck gefallen ist. Jedenfalls fühl ich mich so."

„In der Küche steht Tee", sagt Hilke, immer noch lächelnd. „Wärm dich erst mal auf."

Die Polizistin verabschiedet sich von Benno und Hilke und setzt ihre Dienstmütze auf. Nach einem kurzen Blick auf Carlotta dreht sie sich um und steigt wieder in den Streifenwagen.

Carlotta schaut dem Wagen hinterher. Ihr Knie tut weh und pocht unangenehm. Ihre Gedanken wandern zu Jonas. Sie wischt sich die nassen Haare aus dem Gesicht. Ob er immer noch auf dem Polizeirevier hockt?

Ob seine Eltern schon bei ihm sind? Bestimmt bekommt er mächtigen Ärger.

Genau wie ich, denkt Carlotta.

Sie schluckt, bevor sie langsam die Eingangsstufen hinaufsteigt und mit Hilke und Benno im Haus verschwindet. Den Tee lehnt sie ab. Zum Glück lassen Hilke und Benno sie in Ruhe.

„Wir können später über alles reden, wenn du möchtest", sagt Benno.

„Danke", sagt Carlotta leise.

Kurz darauf ist sie in ihrem Zimmer und schließt die Tür hinter sich. Im Haus ist es ruhig. Heute ist Samstag. Wahrscheinlich sind alle in ihren Zimmern oder in den Aufenthaltsräumen. Manu ist garantiert im Pferdestall. Carlotta lässt ihren Rucksack fallen. Am liebsten würde sie sich in ihrem Bett verkriechen. Einfach die Decke über den Kopf ziehen und auf Nimmerwiedersehen untertauchen.

Sie überlegt ihre Eltern anzurufen, bevor sie zu Dr. Brönne geht. Aber erst mal muss sie aus ihren Klamotten und unter die Dusche. Vielleicht kann sie dann ein bisschen klarer denken. Vielleicht auch nicht.

Als ihr ein paar Minuten später das heiße Wasser auf den Kopf prasselt, schließt sie die Augen. Erstaunlich, dass ihre Eltern noch nicht von sich aus versucht haben sie zu erreichen. Die Polizistin hat doch gesagt, dass das Sekretariat sie informieren würde. Aber vielleicht will Dr. Brönne vorher mit ihr sprechen und von ihr hören, was passiert ist, bevor er ihre Eltern einschaltet?

Plötzlich hat Carlotta es eilig. Wenn der Direktor wirklich auf sie wartet, sollte sie sich sputen. Vielleicht kann sie noch verhindern, dass er zu Hause anruft. Vielleicht kann sie den größten Krach des Jahrhunderts noch irgendwie abwenden.

Sie trocknet sich blitzschnell ab und schlüpft anschließend in eine saubere Jeans und ein dunkelblaues Sweatshirt mit dem Internatslogo auf der Brust. Ihre nassen Haare bindet sie stramm zurück. Zum Trocknen ist jetzt keine Zeit.

Entschlossen blickt sie in den Badezimmerspiegel. Ihr Gesicht ist blass und schmal. Sie reckt ihrem Spiegelbild trotzig das Kinn entgegen.

„Ich schaff das!“, sagt sie und strafft die Schultern, bevor sie das Licht ausknipst.

Stress, Tofu und Haikus

Der Schulleiter hat tatsächlich schon auf sie gewartet. Carlotta ist ohne Umweg ins Schloss gelaufen und hat an die Tür des Sekretariats geklopft. Als niemand geöffnet hat, hat sie die Klinke heruntergedrückt und vorsichtig um die Ecke gelugt. Das Sekretariat lag verwaist und sauber aufgeräumt vor ihr. Kein Wunder, Frau Müller-Stürzelbach, die Schulsekretärin, arbeitet an den Wochenenden nicht. Carlotta musste all ihren Mut zusammennehmen, um an die Tür zu klopfen, hinter der Dr. Brönnes Büro liegt. Die Stimme, die daraufhin „Herein!" gerufen hat, klang in ihren Ohren ziemlich autoritär und angsteinflößend.

Jetzt sitzt sie auf einem harten Stuhl dem Internatsleiter gegenüber. Seine Miene ist besorgt und streng zugleich.

„Mir geht's gut", antwortet Carlotta auf die Frage nach ihrem Befinden.

Dr. Brönne mustert sie lange und nickt schließlich, wobei er seine Erleichterung nicht verbergen kann.

Carlotta verknotet ihre Finger und schluckt. Die ganze Situation ist ihr schrecklich peinlich. Zuerst der Unfall – falls man es überhaupt Unfall nennen kann –, dann das Polizeiverhör. Und jetzt auch noch die Befragung durch den Internatsleiter!

Am liebsten würde sie aufspringen und weglaufen. Dass sie es nicht tut, ist reine Selbstbeherrschung. Dabei kommt das dicke Ende erst noch. Da ist sie sich ziemlich sicher.

Als Dr. Brönne von unverantwortlichem Leichtsinn und Selbstgefährdung spricht und anschließend noch die Vorbildfunktion erwähnt, die seine Schüler haben und nach außen hin repräsentieren, wagt Carlotta kaum zu atmen.

Der Schulleiter lässt sie gar nicht zu Wort kommen, aber vielleicht ist das auch besser so. Sie wüsste sowieso nicht, was sie sagen soll. Außerdem würde wahrscheinlich eh alles, was sie sagt, falsch rüberkommen. Was soll sie denn auch großartig erzählen? Die Polizei hat Herrn Brönne anscheinend über alles in Kenntnis gesetzt und dabei nichts beschönigt und auch nichts ausgelassen.

Jonas und ich haben Mist gebaut, denkt Carlotta. Jetzt müssen wir die Konsequenzen tragen.

Sie versucht sich innerlich für die Strafe zu wappnen. Dass sie eine bekommen wird – einen Verweis, einen Tadel, irgendetwas in der Art –, daran zweifelt sie keine Sekunde.

Wenn Dr. Brönne nur endlich aufhören würde hin und her zu laufen und ihr einen Vortrag zu halten! In ihrem Kopf hämmert es sowieso schon wie verrückt. Es wird nicht besser, wenn er so laut spricht.

Endlich setzt er sich hinter seinen Schreibtisch. Er legt beide Hände auf die Tischplatte und schaut sie an. Freundlich, besorgt, aber auch ein bisschen vorwurfsvoll.

„Möchtest du noch etwas sagen?“, fragt er.

Carlotta spürt einen dicken Kloß in ihrem Hals. Ganz kurz denkt sie daran einfach loszuheulen. Aber sie ist kein Baby mehr. Sie muss sich zusammenreißen. Sie räuspert sich, bevor sie antwortet.

„Es war falsch“, sagt sie mit fester Stimme. „Ich hab einen Fehler gemacht. Ich wusste ja, dass Jonas keine Fahrerlaubnis hat, aber ich hab’s verdrängt.“

Dr. Brönne trommelt mit den Fingern auf die Schreibtischplatte und bringt sie dadurch kurz aus dem Konzept.

„Ich hatte keine Ahnung, dass der Roller gestohlen und nicht richtig versichert war. Nicht mal Jonas wusste das", fährt Carlotta tapfer fort. „Ich hab auch nicht mitgekriegt, dass die Polizei hinter uns her war. Erst als wir im Graben lagen und die Polizisten uns eingesammelt haben, hab ich begriffen, dass irgendetwas nicht in Ordnung ist."

Dr. Brönne hört auf zu trommeln.

„Nicht in Ordnung?", wiederholt er mit hochgezogenen Augenbrauen. „Das ist aber sehr milde ausgedrückt!"

Carlotta muss ihm Recht geben. Sie nickt zerknirscht.

„Ich muss deine Eltern benachrichtigen, das ist dir sicher klar", meint Dr. Brönne.

„Muss das wirklich sein?", fragt Carlotta. „Kann ich sie nicht selbst anrufen und ihnen alles erklären?"

Dr. Brönne schüttelt den Kopf. „Ich trage die Verantwortung für dich. Du kannst anschließend noch ausführlich mit deinen Eltern sprechen."

Carlotta presst die Lippen zusammen.

„Ich kenne dich als vernünftige und verantwortungsvolle Schülerin", sagt Dr. Brönne mit ruhiger Stimme. „Dir ist bewusst, dass du einen Fehler gemacht hast, für den du geradestehen musst. Die Polizeibeamten haben mir gesagt, dass Jonas dich entlastet hat. Demnach trägst du weder an dem Diebstahl noch an dem Unfall eine Mitschuld. In deinem Fall wird es eine Verwarnung geben. Jonas wird um eine Anzeige nicht herumkommen."

„Muss ich denn auch vor Gericht?", fragt Carlotta.

Dr. Brönne wiegt den Kopf.

„Wenn, dann wohl nur als Zeugin. Aber das entscheide nicht ich, sondern der Staatsanwalt. Ich entscheide nur darüber, ob ich eine Klassenkonferenz einberufe. Möglicherweise musst du mit einem Disziplinarverfahren rechnen. Ich rufe jetzt erst mal deine Eltern an. Du kannst solange draußen warten."

Carlotta steht auf und geht aus dem Zimmer. Als sie die Tür hinter sich schließt, rauscht es in ihren Ohren. Ihr Herz zieht sich zusammen. Verwarnung, Klassenkonferenz, Disziplinarverfahren. Das klingt alles irgendwie ganz schön bedrohlich.

Sie hockt sich auf einen Stuhl im Sekretariat und

wippt nervös mit dem Fuß. Ihr Knie ist angeschwollen. Ob sie es Herrn Brönne sagen soll? Sie hat das Bein nach dem Duschen mit Sportsalbe eingerieben und dabei auch noch ein paar Kratzer und blaue Flecke entdeckt. Wahrscheinlich werden die erst in den nächsten Tagen so richtig zu sehen sein.

Und wenn schon, denkt sie.

Das Wippen trägt nicht zu ihrer Beruhigung bei. Im Gegenteil. Sie fragt sich, warum es so lange dauert. Dann fällt es ihr ein: Dr. Brönne muss ja nicht nur ein Telefonat führen, sondern gleich zwei.

„Noch ein Nachteil, wenn die Eltern getrennt sind", murmelt sie und unterdrückt den Impuls zu lauschen. Durch die dicke Tür würde sie eh nichts hören. Stattdessen starrt sie ein Wandgemälde an. Es zeigt das Schloss und den Prinzensee. Zu gerne würde sie sich kopfüber in das Blau stürzen und bis ans gegenüberliegende Ufer schwimmen. Weil das leider nicht möglich ist, wippt sie zur Abwechslung mit dem anderen Fuß.

Nach einer gefühlten Ewigkeit öffnet sich die Tür. Herr Brönne tritt heraus. Er nimmt seine Brille ab und poliert sie mit einem Zipfel seiner Krawatte.

„Ich soll dir Grüße ausrichten“, sagt er. „Deine Mutter und dein Vater erwarten deinen Anruf. Sie werden morgen nach Prinzensee kommen. Aber das besprichst du am besten selbst mit ihnen.“

„Sie wollen herkommen? Wieso das denn?“ Carlotta springt so abrupt auf, dass sie beinahe den Stuhl umwirft.

„Sie machen sich Sorgen und möchten sich selbst davon überzeugen, dass es dir gut geht.“ Der Direktor lächelt. „Außerdem möchten sie dabei sein, wenn du deine Aussage machst.“

„Ach so, klar.“ Carlotta nagt an ihrer Unterlippe. „Kann ich jetzt gehen?“

Dr. Brönne nickt ihr zu.

Carlotta murmelt einen Abschiedsgruß. Dann stürmt sie so schnell aus dem Sekretariat, dass sie gerade noch verhindern kann, dass die Tür hinter ihr ins Schloss knallt. Draußen lehnt sie sich gegen die Wand und schließt die Augen.

Der Tag hat so schön begonnen, denkt sie. Warum muss er so blöd enden?

Sie stößt sich von der Wand ab und schlägt den Weg in die Bibliothek ein. Die Schlossbücherei ist der abgelegenste Ort, den sie kennt. Von dort kann sie ihre

Eltern anrufen und ihnen hoffentlich alles in Ruhe erklären.

Carlotta versinkt fast in dem alten Ohrensessel, in den sie sich zurückgezogen hat, und lässt die besorgten Vorwürfe ihrer Eltern über sich ergehen. Die Telefonate sind kurz und nicht sehr erfreulich. Ihre Mutter ist total panisch, fast hysterisch. Ihr Vater seufzt in einer Tour und nennt sie „Carlottchen". Carlotta weiß nicht, was schlimmer ist. Aber wenigstens freuen sich beide, dass es ihr gut geht.

„Das ist die Hauptsache", sagt Guido Prinz. „Alles andere kriegen wir schon irgendwie hin."

Frau Prinz-Mohr besteht darauf, dass Carlotta sich auf der Krankenstation meldet. Carlotta versichert zum tausendsten Mal, dass ihr außer ein paar blauen Flecken nichts fehlt.

Schließlich gibt ihre Mutter nach. „Wir sprechen morgen darüber. Ich fahre gleich nach dem Frühstück los. Dein Vater auch."

„Ist gut", sagt Carlotta.

Im Stillen fragt sie sich, warum ihre Eltern nicht wenigstens dieses eine Mal zusammen fahren. Aber das steht anscheinend nicht zur Debatte. Okay, sie wohnen beide nicht gerade um die Ecke voneinander, aber sie könnten sich doch irgendwo unterwegs treffen und den Rest des Weges gemeinsam zurücklegen. Wie richtige Eltern.

Nicht mal das schaffen sie, denkt Carlotta und schluckt.

Von dem vielen Reden und Weinen fühlt sich ihr Hals schon ganz trocken und kratzig an.

Als irgendwann alles besprochen ist und sie endlich auflegt, ist Abendbrotzeit.

Wo sind die ganzen Stunden abgeblieben? Gerade war sie noch mit Jonas am Strand. Und jetzt ist der Tag im Chaos versunken und fast vorbei.

Bei dem Gedanken an Jonas krampft sich ihr Herz zusammen. Auch wenn sie sauer auf ihn ist, hofft sie, dass es ihm gut geht. Ganz kurz überlegt sie ihn anzurufen, doch dann schaltet sie das Handy aus und stopft es in ihre Jeans.

Als sie kurz darauf den Speisesaal betritt, hat sie das komische Gefühl, als würden sich alle Köpfe gleichzeitig in ihre Richtung drehen und zig Augenpaare ihr folgen. Aber warum? Sie ist niemandem begegnet und hat, außer mit Herrn Brönne, mit niemandem gesprochen. Keiner weiß von dem Unfall. Trotzdem wird sie den Eindruck nicht los, dass sie die geballte Aufmerksamkeit auf sich zieht. Warum sonst sollten alle sie so anstarren, als wäre sie ein Alien, und dabei hinter vorgehaltenen Händen tuscheln und kichern?

„Geht's dir gut?" Niko taucht so plötzlich vor ihr auf, dass Carlotta erschrocken zusammenzuckt. Sein Gesicht sieht besorgt aus. Carlotta runzelt die Stirn.

„Klar. Wieso fragst du?"

„Wieso ich frage?" Niko starrt sie entgeistert an. „Weil es nicht gerade jeden Tag vorkommt, dass sich eine Freundin von mir eine Verfolgungsjagd mit der Polizei liefert und von einem Streifenwagen vor dem Sekretariat abgekippt wird!"

„Ach, das meinst du …" Carlotta lässt ihren Blick über das Büfett schweifen. Sie stellt fest, dass sie überhaupt keinen Appetit hat. „Es hat sich also schon herumgesprochen."

„Klar hat es das! Was denkst du denn?" Niko wedelt mit einer Hand vor ihrem Gesicht herum, als wäre sie nicht ganz bei Trost.

„Hm, tja“, macht Carlotta, weil ihr nichts anderes einfällt. Sie würde sich gerne in einem Mauseloch verkriechen.

„Sag mal, geht's dir wirklich gut?“ Niko fuchtelt immer noch mit der Hand vor ihrer Nase herum.

„Ja, wirklich!“, versichert Carlotta und seufzt. „Na ja, geht so. Es ist alles ein bisschen viel.“

„Mann, Carlotta …“ Manu schiebt sich an Niko vorbei und tätschelt ihr so vorsichtig den Arm, als hätte sie Angst ihr wehzutun. „Alles okay mit dir?“

Carlotta nickt stumm.

Plötzlich ist auch Julian da. Und Brendan. Die halbe Klasse umringt sie und will von ihr wissen, was passiert ist. Ob sie verletzt ist. Ob es stimmt, dass Jonas festgenommen wurde. Sogar die Barbies tauchen auf.

„Ganz schön peinliche Aktion“, zischelt Vicky.

„Vielleicht fliegt sie ja“, meint Nadine.

„Was sonst?“ Simone grinst gehässig.

Carlotta wirft ihnen einen giftigen Blick zu. Dann schiebt sie sich durch die Menge zum Geschirrwagen. Sie schnappt sich ein Tablett, knallt Besteck und einen Teller darauf und belädt diesen ziemlich wahllos mit allem, was das Büfett zu bieten hat.

Manu folgt ihr. Julian, Niko und Brendan auch.

„Willst du das wirklich alles essen?", erkundigt sich Manu vorsichtig.

Carlotta nickt wortlos.

„Rollerfahren macht ganz schön hungrig, hm?", fragt Manu freundlich.

Carlotta kann nicht anders und lacht trocken auf.

Manu grinst. „Wenigstens kannst du noch lachen", stellt sie fest. „Willst du darüber reden?"

„Keine Ahnung", antwortet Carlotta ehrlich. „Im Moment weiß ich überhaupt nicht, was ich will. Ich will aufwachen und feststellen, dass ich alles nur geträumt hab. Aber daraus wird wohl nichts."

„Nein, wahrscheinlich nicht." Manu tritt zur Seite.

Carlotta balanciert ihr voll beladenes Tablett zu einem Tisch am Fenster.

„Woher wisst ihr eigentlich alle Bescheid?", fragt sie und lässt sich auf einen Stuhl fallen.

Manu zuckt mit den Schultern. „Du weißt doch, wie schnell sich hier so was rumspricht. Einer schnappt irgendwas auf, ein anderer glaubt auch was zu wissen und fügt es hinzu. Schon läuft die Maschine. Die Polizei hat anscheinend Herrn Blum angerufen. Der hat die Eselbein informiert, und die ist natürlich gleich zum Direx gelaufen. Aber der wusste schon Bescheid. Jemand hat dich aus einem Streifenwagen steigen sehen und eins und eins zusammengezählt. Schon hieß es, Carlotta und Jonas stecken mit einem Bein im Knast."

Carlotta betrachtet das Tablett und stöhnt auf.

Manu hockt sich neben sie.

„Ein vermutlich geklauter Roller, keine richtigen Papiere, keine Versicherung, keine gültige Betriebserlaubnis", zählt sie auf. „Wahrscheinlich frisiert und mit einem Fahrer ohne Fahrerlaubnis, der dann auch noch vor der Polizei flüchtet. Mannomann, alter Finne ... Da muss sich Jonas aber ganz schön warm anziehen, um da wieder rauszukommen. So viel kriminelle Energie hätte ich dem gar nicht zugetraut. Du etwa? Oder wusstest du's sogar? Wow, dann wärst du ja seine Komplizin! Bonnie und Clyde. Voll cool!"

„Hör sofort auf!", jammert Carlotta. Sie vergräbt das Gesicht in den Händen. „Können wir bitte über was anderes sprechen? Jonas wusste garantiert nicht, dass der Roller geklaut war. Und erwähne nie wieder Bonnie und Clyde, okay?"

„Klar, okay", sagt Manu sofort. „Willst du mal mein neuestes Haiku hören?"

„Was ist ein Haiku?", fragt Carlotta. Sie stochert mit

der Gabel in einem Berg aus Nudeln, Bratkartoffeln und Spätzle.

„Machst du Witze?“, fragt Manu zurück.

„Nö“, sagt Carlotta. „Ich weiß es wirklich nicht.“

„Ein Haiku ist eine japanische Gedichtform. 17 Silben verteilt auf drei Zeilen“, erklärt Julian. „Die erste Zeile muss fünf, die zweite sieben, die dritte wieder fünf Silben haben.“ Er hat sich zusammen mit Brendan und Niko an den Tisch gesetzt und mustert Carlotta so eindringlich, als wäre sie behandlungsbedürftig.

„Willst du's jetzt hören oder nicht?“, fragt Manu.

„Klar“, seufzt Carlotta und schiebt sich eine Nudel zwischen die Zähne. Alles ist besser, als ständig an den Unfall, Jonas und ihre Eltern denken zu müssen. Wenn jemand sie auf andere Gedanken bringen kann, dann ist es Manu.

„Wet-ter-wech-sel jetzt.“ Manu zählt die Silben an den Fingern ab. „Auf dem Spiel-platz des Le-bens spielt ein Mensch Flö-te.“

Julian klatscht.

„Flöte?“, wiederholt Carlotta kauend.

Manu nickt stolz.

„Aber das reimt sich ja gar nicht!“

„Soll es auch nicht“, meint Manu. „Das ist ja gerade das Geniale.“

„Aber seit wann dichtest du?“

Niko schiebt ein zerknittertes Blatt Papier über den Tisch. „In meinem Kurs haben sich ein paar Poetry-Slammer zusammengetan. Wir wollen einen fetten Event auf die Beine stellen. Wenn du Lust hast, kannst du auch mitmachen. Vielleicht lenkt es dich ein bisschen ab. Du weißt schon, von dem Stress mit den Bullen und so.“

„Weekend of the Poems“, zitiert Julian den Text. Er scheint ihn tatsächlich auswendig zu kennen. *„Ein Wochenende für eure Texte und Gedichte. Höhepunkt ist der Midnight-Poem-Slam auf der großen Gruftbühne.“*

„Ein Poetry-Slam? Ist das nicht so ein Wettbewerb, bei dem jeder seine eigenen Texte vortragen kann und das Publikum stimmt darüber ab?“ Carlotta betrachtet ihre Gabel, auf die sie einen Riesenberg Bratkartoffelnudelspätzle getürmt hat, ohne es zu merken.

„Genau!“, nickt Niko. „Ich mach mit. Manu auch. Fast die ganze Oberstufe.“

„Klasse. Viel Spaß!“ Carlotta lässt die Gabel sinken. „Ich hab im Moment leider andere Sorgen.“

„Ist ja noch ein bisschen hin“, meint Brendan.

Manu stimmt ihm zu. „Vorher kommt die *Green Week*. Ich muss unbedingt noch mit der Köchin die Feinheiten besprechen. Ich glaub, die hat von Tofu und solchen Sachen keinen blassen Schimmer.“

Obwohl Carlotta nur wenige Happen gegessen hat, fühlt sie sich pappsatt. Bestimmt liegt das an dem fetten Sorgenkloß, der in ihrem Magen liegt und dort vor sich hin blubbert. Was interessiert sie der Poetry-Slam? Oder die vegetarische Woche? In ihrem Leben gibt es wirklich gerade genug andere Probleme! Dabei meinen ihre Freunde es bestimmt nur gut mit ihr. Sie zwingt sich zu einem kleinen Lächeln.

„Hast du nach dem Essen ein paar Minuten Zeit für mich, Carlotta?“ Frau Heselein ist an den Tisch getreten. Sie ist Carlottas ehemalige Unterstufenlehrerin und frühere Hausmutter. Carlotta nickt.

„Ich bin sowieso gerade fertig.“

„Geh ruhig“, mischt Manu sich ein. „Ich bring dein Tablett weg. Wir reden später in Ruhe, okay?“ Sie zwinkert Carlotta aufmunternd zu. Die bedankt sich zerstreut und geht hinter der Lehrerin her. Was die wohl von ihr will?

Sie erfährt es ein paar Sekunden später. „Herr Brönne und Jonas' Vater haben mir erzählt, was heute vorgefallen ist", sagt Frau Heselein, als sie und Carlotta in der Eingangshalle stehen. „Wie geht es dir?"

„Ganz gut", sagt Carlotta. „Danke."

Frau Heselein mustert sie aufmerksam. „Warst du schon im Krankenzimmer? Ich gehe gerne mit dir dorthin. Für die Versicherung ist es wichtig, dass alle Verletzungen dokumentiert werden."

„Mir fehlt nichts. Ich bin nicht verletzt", sagt Carlotta sofort.

„Umso besser." Frau Heselein lächelt. „Ich bin zwar nicht mehr deine Hausmutter, aber ich fühle mich trotzdem verantwortlich. Dr. Brönne hat mich gebeten, dich zu begleiten. In den nächsten Tagen kommt noch einiges auf dich zu. Du wirst deine Aussage bei der Polizei machen und bekommst möglicherweise eine Vorladung zu einer Gerichtsverhandlung."

„Aber doch nur als Zeugin", sagt Carlotta. „Oder?"

Die Lehrerin nickt. „Ich würde mich trotzdem freuen, wenn du meine Hilfe annimmst. Du kannst dich jederzeit bei mir melden. Wir können über alles reden. Ich bin auch gerne bei dem Gespräch mit deinen Eltern dabei. Ich habe gehört, sie kommen morgen?"

„Ja“, bestätigt Carlotta. „Aber ich möchte lieber alleine mit ihnen sprechen. Ich brauche keine Bewährungshelferin.“

Es klang heftiger, als sie beabsichtigt hatte.

Frau Heselein lässt sich nichts anmerken.

„Das bin ich auch nicht. Ich möchte dir nur zur Seite stehen, wenn du mich brauchst. Als eine Art Vermittlerin. Okay?“ Sie streckt Carlotta ihre Hand entgegen.

Die zögert, doch dann ergreift sie sie.

„Danke.“

„Fein. Dann solltest du dich jetzt im Krankenzimmer melden. Frau Bertram weiß schon Bescheid.“

Carlotta stöhnt auf. Frau Bertram ist die Schulschwester. Sie war erst ein paarmal bei ihr, um sich Hustensaft, ein Pflaster oder eine Kopfschmerztablette geben zu lassen.

„Muss das wirklich sein?“, fragt sie.

Anscheinend ja. Frau Heseleins Blick lässt keinen anderen Schluss zu.

„Okay“, sagt Carlotta matt.

Frau Heselein nickt ihr aufmunternd zu.

Als Carlotta später in ihr Zimmer kommt, wirft sie sich auf ihr Bett und vergräbt das Gesicht in einem Kissen. Die Schulkrankenschwester hat sie von oben bis unten durchgecheckt, ihr in die Augen, die Ohren und in den Rachen geleuchtet. Sie hat sämtliche Reflexe überprüft und sogar den Blutdruck gemessen. Carlotta hat ihr das geschwollene Knie und ein paar blaue Flecken gezeigt. Das war's schon.

Frau Bertram hat alles fein säuberlich in einen Unfallbogen eingetragen und ihr ein paar Schmerztabletten mitgegeben. Carlotta soll sich sofort bei ihr melden, wenn ihr übel wird oder sie Schmerzen bekommt. Dann würden sie in eine Klinik fahren.

Carlotta presst ihr Gesicht tiefer in das Kissen. Sie ist hundemüde, aber das ist garantiert keine Folge des Unfalls, sondern einfach die Summe der Ereignisse.

Als ihr Handy sich meldet, rollt sie sich auf den Rücken. Es steckt immer noch in ihrer Jeanstasche. Sie zieht es umständlich heraus. JONAS, leuchtet das Display ihr entgegen.

Carlotta lehnt den Anruf kurzerhand ab. Wenig später verkündet ein Signal, dass sie eine SMS erhalten hat. Sie zögert, dann verschiebt sie die Nachricht ungelesen in den Papierkorb.

Der einzige Mensch auf der Welt, mit dem sie jetzt gerne sprechen würde, ist Katie. Aber die ist mit ihren Eltern heute im Theater und hat ihr Handy garantiert ausgeschaltet.

Carlotta sendet ihr trotzdem eine kurze Nachricht.

Ruf mich sofort an, wenn du das liest!
Egal, wie spät!!

Dann dreht sie sich um und schläft erschöpft ein.

Fotoalben, Babyalarm und ein hartes Herz

„Wenn Sie mit dem Auspacken fertig sind, falten Sie die Kartons bitte zusammen und werfen sie in den blauen Altpapiercontainer im Hof.“ Herr Brauer schaut sich um, ob er nichts übersehen hat.

„Alles klar!“ Carlotta wischt sich eine Haarsträhne aus dem Gesicht und nickt. Heute ist der erste Praktikumstag. Sie sitzt in einem fensterlosen Lagerraum. Unzählige Pappkartons und andere Verpackungsmaterialien stapeln sich fast bis an die Decke. Carlottas Aufgabe ist es, die Kisten, die ein Lieferant gebracht hat, mit einem Teppichmesser aufzuschneiden und den Inhalt mit den Lieferscheinen abzugleichen. Im zweiten Schritt soll sie dann Preisetiketten auf die Artikel kleben und später im Laden alles richtig einsortieren.

Obwohl das, was sie tut, große Ähnlichkeit mit

einer Strafarbeit hat, arbeitet Carlotta zufrieden vor sich hin. Sie muss nicht viel reden und die eintönige Arbeit lässt ihr außerdem genügend Zeit zum Nachdenken.

Herr Brauer schließt die Tür. Carlotta atmet auf. Seit dem Unfall und dem Besuch ihrer Eltern sind ein paar Tage vergangen. Das Gespräch war ziemlich aufwühlend. Eine Mischung aus Besorgtheit und Strenge. Ausnahmsweise haben Mam und Dad mal nicht gestritten, sondern waren sich in allem einig. Zum Beispiel darüber, dass Carlotta das Angebot von Frau Heselein annehmen soll, sie durch die nächste Zeit zu begleiten.

Nicht mal auf Jonas haben sie geschimpft, worüber Carlotta ziemlich überrascht war. Insgeheim hatte sie schon damit gerechnet, dass sie ihr den Umgang mit ihm verbieten würden. Aber davon war überhaupt nicht die Rede.

„Es ist die Angelegenheit seiner Eltern, wie sie mit der Sache umgehen“, hat Carlottas Mutter gemeint. „Da sollten wir uns nicht einmischen.“

Auch bei der Polizei ist Carlotta noch einmal gewesen und hat ihre Aussage zu Protokoll gegeben. Eigentlich hat sie nur wiederholt, was sie gleich nach dem Unfall gesagt hat. Frau Heselein hat ihr anschließend erzählt, dass Jonas den Motorroller in der festen Überzeugung ausgeliehen habe, dass damit alles in Ordnung sei. Dass sein Freund einen gestohlenen Roller ohne Versicherung und Papiere gekauft hatte, wusste er nicht. Ob sich diese Unwissenheit mildernd auf die Strafe auswirken wird, kann niemand sagen. Frau Heselein hat berichtet, dass Jonas' Vater sofort einen Anwalt eingeschaltet hat, der sich um alles kümmert. Allerdings seien Staatsanwaltschaften und Gerichte so ausgelastet, dass es noch sehr lange dauern könne, bis es tatsächlich zu einer Verhandlung komme.

Gegen Carlotta gibt es kein Disziplinarverfahren. Das hat eine Klassenkonferenz einstimmig beschlossen. Das Kollegium hat eine mündliche Missbilligung ausgesprochen und ein Heimfahrtwochenende gestrichen. Carlotta hat beides akzeptiert. Sie hätte auch eine höhere Strafe hingenommen. Hauptsache, der Vorfall verblasst so schnell wie die Blutergüsse. Die sind inzwischen kaum noch zu sehen.

„Spätestens beim nächsten Skandal ist alles vergessen“, hat Katie gemeint, als Carlotta mit ihr telefoniert hat.

„Schön wär's!“, brummt Carlotta. Sie rammt die Klinge des Schneidemessers in einen Pappkarton und schlitzt ihn der Länge nach auf. Schon merkwürdig, dass sie dabei an Jonas denken muss. Obwohl – seit dem verhängnisvollen Wochenende denkt sie fast ständig an ihn. Ob sie will oder nicht.

Kein Wunder, denkt sie grimmig. Schließlich ruft er jeden Tag an.

Dass sie Jonas' Anrufe hartnäckig ignoriert und ihr Handy inzwischen kaum noch einschaltet, scheint ihn nicht zu stören. Im Gegenteil, er schickt ihr trotzdem jede Menge SMS. Carlotta hat nicht eine davon gelesen. Sie hat auch nicht vor es zu tun.

Ein einziges Mal hat sie ihn nach dem Unfall von weitem gesehen. Er hockte am Ufer des Prinzensees und hat ziemlich einsam ausgesehen. Nicht einmal sein Angelzeug hatte er dabei. Für den Bruchteil einer Sekunde hat Carlotta den Impuls gespürt zu ihm zu laufen und ihn in den Arm zu nehmen, aber eine innere Stimme hat sie zurückgehalten.

Er hätte euch beide umbringen können, hat die Stimme ihr zugeflüstert. Vergiss das nicht!

„Wie könnte ich das jemals vergessen?“ Carlotta stößt das Messer in den nächsten Karton. „Schließlich fühle ich mich wegen ihm wie eine Schwerverbrecherin!“

Dass Manu und Katie ihr Verhalten für übertrieben halten, macht die Sache nicht unbedingt leichter. Sie sind sich zwar einig, dass Carlotta das Recht hat, auf Jonas sauer zu sein. Aber dass sie ihm überhaupt keine Gelegenheit zu einem Gespräch, einer Entschuldigung oder einer Erklärung gibt, halten sie für verkehrt.

„Du läufst weg", hat Katie messerscharf analysiert. „Das funktioniert auf Dauer nicht."

„Katie, die Hobbypsychologin … haha." Carlotta schneidet so tief in den Karton, bis sie auf einen Widerstand stößt. Als sie den Deckel aufklappt, stellt sie fest, dass sie nicht nur die Pappe und eine Schutzfolie, sondern auch den Einband eines Fotoalbums aufgeschlitzt hat. So ein Mist! Das muss sie garantiert bezahlen.

Sie legt das beschädigte Album beiseite und seufzt. Ihre Gedanken schießen unablässig hin und her. Hört das denn nie wieder auf? Sogar Niko hat neulich versucht mit ihr über Jonas zu sprechen. Seiner Meinung nach wollte Jonas mit dem Motorroller nur Eindruck auf sie machen. Die Konsequenzen hat er dabei total verdrängt.

„Jungs ticken anders", hat Niko gemeint. „Verantwortung blenden wir gerne mal aus. Besonders, wenn's um ein hübsches Mädchen geht. Vielleicht war's aber auch der Gruppenzwang."

„Gruppenzwang?", hat Carlotta zurückgefragt.

„Klar", hat Niko genickt. „Gut möglich, dass Jonas in einer Clique ist, in der alle schon eigene Roller und Führerscheine haben. Er wollte nicht als Loser dastehen."

„Pfft ...", macht Carlotta verächtlich und nimmt sich den nächsten Karton vor. Sie hätte an dem Wochenende auch einen Fahrradausflug gemacht. Es hätte kein Motorroller sein müssen. Schon gar kein geklauter!

Wütend faltet sie die zerschnittenen Kartons zusammen, klemmt sich den Packen Pappe unter den Arm und schiebt die Eisentür nach draußen auf. Die grelle Sonne blendet sie. Carlotta kneift die Augen zusammen, stapft quer über den schmucklosen Innenhof und stopft die Pappen in einen Container. Anschließend hebt sie das Gesicht und blinzelt in den Himmel. Es ist herrlich draußen. Die frische Luft tut so gut. Wieso muss sie einen so tollen Tag in einem muffigen Lagerraum verbringen und stundenlang sinnlose Sachen machen? Was hat das überhaupt mit Fotografie zu tun?

„Gar nichts!", murmelt sie und knallt den Deckel des Containers zu.

Wie gerne würde sie sich jetzt ihre Kamera schnappen und auf Motivsuche gehen. Der Himmel hat einen Hauch von Türkis. Das Licht ist phänomenal!

Seufzend trottet sie zurück. Alle Kisten sind ausgepackt. Jetzt geht's ans Einsortieren.

„Super!", grummelt sie. „Ich freu mich schon darauf!"

„Ich hab aus Versehen ein bisschen zu tief geschnitten", beichtet sie wenig später Herrn Brauers Mitarbeiterin. Sie zeigt Frau Weinreich das aufgeschlitzte Fotoalbum. „Ich bezahl den Schaden natürlich."

Frau Weinreich, eine kleine Frau mittleren Alters mit mausbrauner Kurzhaarfrisur und Brille, nimmt Carlotta das Album aus der Hand und betrachtet den Schaden.

„Das kann schon mal passieren", lächelt sie. „Wir zeichnen es als Mangelware aus und reduzieren den Preis."

Carlotta hatte schon ihr Portemonnaie gezückt. Sie lässt es wieder sinken. „Wirklich? Danke!"

Frau Weinreich nickt. „Kein Problem."

„Ist Herr Brauer nicht da?“ Carlotta schaut sich in dem Verkaufsraum um. Vom Inhaber ist nichts zu sehen.

„Er ist zu einer Veranstaltung gefahren“, sagt Frau Weinreich. „Vielleicht nimmt er dich in den nächsten Tagen mal mit. Wir haben im Moment viele Hochzeiten. Die meisten Brautpaare kommen zu uns ins Studio, aber manche buchen uns auch für die ganze Feier.“

Carlotta nickt vage. Eine Hochzeitsfeier zu fotografieren klingt nett, aber nicht wirklich spektakulär.

Sie sortiert die Fotoalben ein. Als die Türglocke bimmelt, schaut sie auf. Eine junge Frau versucht mit einem Kinderwagen durch die Eingangstür zu kommen. Ein Vorderrad hat sich verhakt. Carlotta hilft ihr den Wagen wieder freizubekommen.

„Danke“, schnauft die Kundin und lächelt. „Wir haben einen Termin.“

„Ich bin nur die Praktikantin.“ Carlotta zeigt auf den Verkaufstresen, wo Frau Weinreich versilberte Bilderrahmen auf Hochglanz poliert. Die junge Mutter bedankt sich noch einmal und steuert auf den Tresen zu. Carlotta widmet sich wieder ihrer Arbeit und schiebt die Alben ins Regal.

Kurz darauf zieht Frau Weinreich einen Vorhang

auf. Er trennt den Verkaufsraum vom Studiobereich. Das Baby fängt an zu schreien, weil es aus seinem Mittagsschlaf gerissen wird.

Carlotta grinst. Anscheinend hat der kleine Mensch keine Lust sich fotografieren zu lassen. Sie muss an ihre Stiefbrüder denken. Als die noch Babys waren, konnten die auch so gut brüllen. Zum Glück haben sie es sich inzwischen abgewöhnt.

Sie nimmt sich den nächsten Stapel Fotoalben vor, als die Ladenglocke schon wieder klingelt. Die Alben rutschen ihr aus der Hand.

„Moment!“, ruft sie. „Ich komme gleich!“

Sie sammelt die Alben auf und schiebt sie schnell in ein freies Fach. Als sie aufschaut, schnappt sie nach Luft.

„DU?“

Jonas nickt.

Carlotta braucht einen Augenblick, um sich zu sammeln. Am liebsten würde sie mit irgendetwas nach ihm werfen, aber die schweren Objektive und Stative liegen leider in einem anderen Regal.

„Was willst du hier?“, fragt sie stattdessen.

„Mit dir reden“, sagt Jonas. Er sieht blass aus. Seine Haare sind noch verstrubbelter als sonst.

„Ich aber nicht mit dir“, sagt Carlotta. „Außerdem muss ich arbeiten. Wenn du dich fotografieren lassen willst, musst du später wiederkommen. Der Chef ist nicht da.“

„Carlotta, ich …“

Carlotta bringt ihn mit einem einzigen Blick zum Schweigen.

„Geh bitte wieder.“ Sie zeigt auf die Tür.

„Wie lange soll das denn noch so weitergehen?“ Jonas’ Stimme klingt flehend. „Du kannst doch nicht ständig vor mir weglaufen!“

„Doch, kann ich“, erwidert Carlotta. Ihr Herz krampft sich zusammen. Der Blick, den Jonas ihr zuwirft, tut weh.

„Okay“, sagt Jonas leise. „Wie du willst.“

Er dreht sich um und zieht die Tür auf. Es sieht aus, als würde es ihm ungeheuer schwerfallen.

Carlotta schluckt. Für eine Sekunde spürt sie den Impuls hinter ihm herzulaufen und ihn aufzuhalten. Aber sie kann nicht. Sie lässt ihn gehen.

„Ciao“, murmelt Jonas ohne sich noch einmal umzudrehen.

Das Glöckchen bimmelt. Die Ladentür fällt ins Schloss.

Carlotta hat das Gefühl, als würde etwas in ihr zerbrechen. Vielleicht ihr Herz. Gut möglich.

Sie muss sich an einem Regal festhalten, weil ihre Knie mit einem Mal zittern. Auf ihren Wangen spürt sie etwas Feuchtes. Es dauert einen Augenblick, bis sie begreift, dass es Tränen sind.

Am Abend geht sie gemeinsam mit Manu und Julian zum Abendessen. Schweigsam trabt sie neben den beiden her und hat dabei die ganze Zeit Jonas' Gesicht vor Augen. Den flehenden Ausdruck, mit dem er sie angeschaut hat.

Er hat Recht, denkt sie. So geht es wirklich nicht weiter.

„Ich muss mit ihm reden!"

„Natürlich musst du das", bestätigt Manu.

„Unbedingt!", fügt Julian hinzu.

Carlotta stolpert über ihre eigenen Füße und bleibt stehen. Sie hat gar nicht gemerkt, dass sie laut gesprochen hat. Wie peinlich!

„Kommst du?", erkundigt sich Manu freundlich. „Es

gibt Grünkernfrikadellen und Quinoasalat. Das möchte ich mir auf keinen Fall entgehen lassen."

„Wie? Was? Ach so … Nein, ich auch nicht." Carlotta holt Manu und Julian ein und steigt neben ihnen die breite Eingangstreppe zum Schloss hinauf.

Im Speisesaal herrscht schon ziemliches Gedränge. Carlotta hebt die Nase und schnuppert. Es duftet sehr lecker. Nach exotischen Gewürzen und noch etwas anderem Unbekannten. Das Angebot an Speisen ist so bunt und verlockend, dass sie sich kaum entscheiden kann. Erstaunlicherweise hat sie tatsächlich Hunger.

„Kannst du mir ein bisschen helfen?", fragt sie Manu. „Ich kenn mich mit diesen Sachen nicht so gut aus."

„Klar, gerne!" Manu füllt einen Teller mit etwas Salat, der im Aussehen an winzige Linsen mit viel Grünzeug erinnert, und legt zwei runde Frikadellen dazu. „Du musst unbedingt den gebratenen Seitan probieren", rät sie. „Seitan besteht aus purem Weizeneiweiß. Die buddhistischen Zen-Mönche schwören auf das Zeug. Aber fang erst mal mit der Quinoa und den Bratlingen an. Quinoa nennt man auch Inka-Reis. Der wurde schon von den ollen Azteken in den Anden angebaut. Total lecker. Zum Nachtisch gibt's dann Mousse au Chocolat aus Seidentofu."

„Wow, klingt super!“ Carlotta nimmt den Teller entgegen und zieht die Mundwinkel nach unten. Seidentofu? Muss nicht sein!

Sie sucht sich einen freien Tisch und setzt sich hin. Am Nachbartisch hocken die Barbies und stochern argwöhnisch in ihrem vollwertigen Abendessen, während sie sich über ihren ersten Praktikumstag unterhalten. Weil es mit dem luxuriösen Beautysalon nichts geworden ist, sind Nadine und Simone in einer Damenboutique gelandet. Vicky macht ein Praktikum bei einer Schneiderin.

„Die hat von Haute Couture gerade so viel Ahnung wie mein Meerschweinchen von der Pariser Modewoche“, nörgelt sie. „Die Zeit ist dermaßen vergeudet! Heute musste ich den ganzen Tag Nähte auftrennen. Nähte! Ich!“

Nadine und Simone nicken mitfühlend.

„Glaubst du etwa, in unserer Boutique ist es besser?“, schnaubt Simone. „Kilometerweise Rüschenblusen und Faltenröcke in Übergrößen! Was anderes verkaufen die hier gar nicht! Wir haben versucht die Röcke wenigstens farblich zu sortieren.“

„Hellgrau, dunkelgrau, durchfallbraun, marineblau und schwarz“, ergänzt Nadine und verdreht die Augen.

Carlotta beißt sich auf die Unterlippe, um nicht zu kichern.

Anscheinend ist sie nicht die Einzige, die sich in ihrem Praktikum unterfordert fühlt.

Julian und Manu scheinen dagegen sehr zufrieden zu sein. Brendan auch. Er schwärmt jedenfalls gerade ziemlich begeistert von seinem Einsatz als Rettungsassistent in der Notaufnahme des Bieneburger Kreiskrankenhauses und lässt kein blutiges Detail aus.

Carlotta lächelt. Vielleicht wird ihre Arbeit ja auch noch ein bisschen spannender. Vielleicht darf sie sogar mal fotografieren. Schön wär's. Aber falls nicht, ist es auch egal. Wenn das Auspacken von Fotoalben dabei hilft später eine gute Fotografin zu werden, nimmt sie das in Kauf. Kreativ fotografieren kann sie schließlich auch in ihrer Freizeit. Dazu braucht sie kein Praktikum.

Julian und Manu setzen sich zu ihr. Manu gähnt. Um pünktlich auf dem Gestüt zu sein, muss sie früh aufstehen und den ersten Bus nehmen.

„Wer hat sich eigentlich ausgedacht, dass Stallarbeit morgens um sechs anfangen muss?", mault sie. „Sogar die Pferde schlafen um die Uhrzeit noch!"

Julian pikt mit dem Zinken seiner Gabel eine Cocktailtomate auf und lächelt milde.

„Ich bin mit meinen Arbeitszeiten sehr zufrieden", schnurrt er. „Das Geschäft öffnet um neun und schließt um 18 Uhr. Mittags ist es selbstverständlich geschlossen."

„Sag bitte nicht, du hast ein Mittagsschläfchen gehalten!" Manu starrt ihn an.

„Natürlich nicht", erwidert Julian und tupft seinen Mund mit der Serviette ab. „Ich habe mich mit der aktuellen Fachpresse beschäftigt."

„Sorry", grinst Manu. „Ich wusste nicht, dass es Fachpresse für Herrenausstatter gibt. Klingt ziemlich schwul. Aber das passt ja. Schmeckt's euch?"

„Es schmeckt sehr … interessant." Julian kaut angestrengt und nickt höflich. „Very tasty, indeed."

Carlotta hat gar nicht gemerkt, dass sie ihren Teller schon leergeputzt hat.

„Es ist wirklich lecker", versichert sie. „Ich glaub, ich hol mir noch eine Portion."

Sie steht auf und schlängelt sich zwischen Tischen und Stühlen hindurch. Brendan und seine Freunde diskutieren gerade über die Zusammensetzung ihres Abendessens.

„Ich wette, Grünkern wird aus Pferd gemacht", feixt Brendan.

„Und Quinoa aus gequirltem Hamster!“, johlt Felix. „Weiß doch jeder!“

Carlotta schüttelt lächelnd den Kopf.

Niko steht am Büfett und grinst. „Alles klar?“

„Ja“, antwortet Carlotta. „Und bei dir?“

„Viel Arbeit, viel Stress.“ Niko seufzt. „Bald geht’s mit den schriftlichen Abiprüfungen los. Dann noch das Mündliche …“

Carlotta nimmt sich eine Portion Vollkornnudeln und ein kleines Stück Polenta und krönt das Ganze mit einer Kelle Ofengemüse. „Zum Fotografieren kommst du wohl gar nicht mehr?“

Niko schüttelt den Kopf. „Echt selten. Wenn überhaupt, dann nur nachts. Langsam kann ich keine Nachtaufnahmen mehr sehen. Aber zum Abschalten ist es nicht das Schlechteste.“

Er lächelt. Carlotta auch. Ihre Blicke verheddern sich für einen kurzen Augenblick ineinander.

Carlotta schaut schnell woanders hin. Nikos Mandelaugen schaffen es immer noch, sie aus der Fassung zu bringen. Wie kann das sein?

Nach dem Essen verzieht Carlotta sich in ihr Zimmer. Solange das Praktikum läuft, findet kein Schulunterricht statt. Trotzdem möchte sie ein Referat für Kunstgeschichte vorbereiten. Das Thema lautet „Wie nähere ich mich Picasso?“.

„Gute Frage“, brummt sie, während sie in ihren Notizen blättert. Farbklänge, abstrakte Formen, Kubismus …

Ihr Handy klingelt. Sie will schon auf „Anruf ablehnen“ drücken, als sie sieht, dass es Katie ist.

„Na, wie geht's meiner allerliebsten Crash-Queen?“, fragt Katie, als Carlotta sich meldet.

„Haha, echt witzig“, brummt Carlotta. „Ganz gut. Und dir?“

„Auch gut.“ Katie erkundigt sich nach dem Praktikum und bemitleidet Carlotta aufrichtig, als sie hört, womit die ihren ersten Arbeitstag zugebracht hat. Dann fragt sie nach Jonas und ob es etwas Neues gibt.

„Nee“, sagt Carlotta. „Nicht, dass ich wüsste.“

„Hast du etwa immer noch nicht mit ihm gesprochen? Mensch, Carlotta!“ Katies Stimme klingt plötzlich vorwurfsvoll. „Denkst du nicht, dass er langsam genug bestraft ist?“

Carlotta kaut auf der Innenseite ihrer Wange. „Darum geht's doch gar nicht.“

„Oh doch!“, widerspricht Katie sofort.

„Nein“, entgegnet Carlotta scharf. „Es geht darum, dass er mein Vertrauen missbraucht hat! Ich hab mich einfach auf ihn verlassen und er …“

Katie unterbricht sie.

„Du hast dich zu ihm auf den Roller gesetzt, obwohl du wusstest, dass er keine Fahrerlaubnis hat. Er hat dich nicht dazu gezwungen. Niemand hat das. Schon mal darüber nachgedacht?“

Carlotta nickt, obwohl Katie es nicht sehen kann. Dass sie sich genau darüber schon seit Tagen den Kopf zerbricht, kann ihre beste Freundin schließlich nicht wissen.

„Ja, ich weiß“, gibt sie zu. „Ich weiß, dass ich selbst schuld bin. Ich weiß auch, dass ich mit ihm reden muss. Das musst du mir nicht noch dauernd unter die Nase reiben!“

Katie schweigt eingeschnappt.

„Er war heute im Fotogeschäft“, murmelt Carlotta nach einer Weile.

„Echt? Was wollte er?“, fragt Katie sofort.

„Mit mir reden. Was sonst.“ Carlotta seufzt. „Ich hab ihn rausgeschmissen.“

„Mann, Carlotta … Spring endlich über deinen Schatten und ruf ihn an“, sagt Katie eindringlich. „Gib ihm die Möglichkeit sich zu entschuldigen. Sei nicht so hartherzig."

„Ich bin nicht hartherzig!"

„Doch, bist du!"

Jetzt ist es Carlotta, die schweigt.

Stimmt das etwa? Ist sie wirklich hartherzig?

„Gib dir einen Ruck! Trefft euch an einem neutralen Ort und sprecht euch aus", schlägt Katie vor. „Wenn's gar nicht geht, kannst du immer noch abhauen und weiterschmollen."

Carlotta muss zugeben, dass ihre beste Freundin Recht hat.

„Ich denk darüber nach."

„Warte nicht zu lange", sagt Katie noch. Dann muss sie auflegen, weil ihre Mutter gerufen hat.

Kaum hat Carlotta das Handy weggelegt, meldet es sich schon wieder. Ihr Vater ist dran. Carlotta unterdrückt ein Aufstöhnen. Seit dem denkwürdigen Wochenende und ihrem Auftritt bei der Polizei rufen ihre Eltern fast täglich an. Mal Mam, mal Dad. Immer abwechselnd. Langsam hat sie den Verdacht, dass die beiden sich heimlich absprechen. Es sind eindeutig Kontrollanrufe. Als würde sie sonst was anstellen!

„Hi, Superdad", meldet sie sich.

„Hallo, Carlotta. Alles gut bei dir?"

„Klar. Was soll sein? Ich hab kein neues Verbrechen begangen und bin auch noch nicht wieder verhaftet worden, falls es das ist, was du hören möchtest."

Ihr Vater lacht. „Eigentlich wollte ich nur fragen, wie dein erster Tag bei Herrn Brauer war."

„Superlangweilig." Carlotta erzählt, womit sie sich den ganzen Tag beschäftigt hat.

„Das gehört dazu, wenn man in einem Laden arbeitet", erwidert Herr Prinz. „Mit freier Fotografie hat das natürlich wenig zu tun. Es ist mehr ein Dienstleistungsunternehmen, ein Geschäft."

„Den Eindruck hab ich auch", stimmt Carlotta ihm zu. „Aber vielleicht darf ich ja auch noch mal ein schreiendes Baby oder eine Hochzeitstorte fotografieren."

„Klingt kreativ!", meint ihr Vater.

„Oh ja", bestätigt Carlotta.

Sie prusten beide gleichzeitig los.

Es fühlt sich gut an, stellt Carlotta fest und grinst.

Sie hat sich gerade wieder in ihr Referat vertieft, als ihr Handy zum dritten Mal melodisch klingelt und über die Tischplatte wandert. Sie fängt es ein, bevor es über die Kante stürzt, und meldet sich ohne auf das Display zu schauen. Vielleicht hat Dad was vergessen. Oder Mam möchte auch noch ihren Kontrollanruf loswerden.

„Hier ist Carlotta. Mooment, bitte“, meldet sie sich und schreibt schnell einen angefangenen Satz zu Ende.

… bietet experimentell interessante Lösungen zwischen Ordnung und Komplexität, notiert sie und setzt ein energisches Ausrufezeichen dahinter.

„Hi“, sagt eine Stimme.

Carlotta zuckt zusammen. Sie nimmt das Handy vom Ohr und starrt auf das Display. JONAS, leuchtet es ihr entgegen.Sie unterdrückt einen Fluch.

„Stör ich?“, fragt Jonas.Carlotta weiß nicht, was sie sagen soll. Nein. Ja. Worauf du dich verlassen kannst … Am liebsten würde sie einfach auflegen.

„Leg bitte nicht auf!“, sagt Jonas schnell, als hätte er ihre Gedanken gelesen. „Hör mir einfach zu. Okay?“

Carlotta schluckt. „Okay.“

„Danke“, sagt Jonas.

Carlotta tut es weh ihn so zu hören. So kleinlaut. Total unsicher. Dabei ist Jonas doch der freche, vorlaute Typ. Ständig lachend. Dumme Sprüche und gute Laune verbreitend.

Ich will den alten Jonas zurück, denkt sie und drängt die aufsteigenden Tränen zurück.

„Können wir uns sehen?“, fragt Jonas.

„Ja“, sagt Carlotta, bevor sie es sich anders überlegen kann.

Sie beißt auf einen Fingerknöchel. Der Schmerz lässt sie zusammenzucken.

„Morgen?“, fragt Jonas.

„Ist gut.“

„Soll ich dich von der Arbeit abholen?“

„Der Laden macht um sechs zu.“ Carlotta hält die Luft an.

„Ich bin pünktlich da“, verspricht Jonas und legt auf.

Carlotta braucht einen Moment, um zu begreifen, dass er wirklich aufgelegt hat. Sie drückt auf die rote Taste und wirft ihr Handy auf den Schreibtisch. Es bleibt auf einer Kopie des berühmten Guernica-Gemäldes von Picasso liegen. Carlotta betrachtet das Bild. Es kommt ihr beängstigend vor. Verstörend und wirr. Ähnlich wirr wie die Gedanken, die in ihrem Kopf hin und her schießen.

Jonas will sie sehen.

Er will sich mit ihr treffen.

Nach allem, was geschehen ist und wie sie ihn behandelt hat.

Er muss sie wirklich mögen. Vielleicht auch mehr als das.

Aber mag sie ihn auch noch? Kann sie ihm wirklich verzeihen?

Sie lauscht auf ihr Herz. Es pocht gleichmäßig. Ziemlich schnell und laut. Aber eine Antwort auf ihre Fragen hat es leider nicht.

Tausche Alltag gegen Euphorie

Am nächsten Morgen hat Carlotta das Gefühl, ein Bus hätte sie gestreift. Was für eine bescheuerte Nacht! Zuerst konnte sie nicht einschlafen und hat sich stundenlang hin und her gewälzt. Dann ist sie eingedöst, wurde aber immer wieder wach. Irgendwann hat schließlich der Morgen gegraut und ihr Handywecker geklingelt.

„Vielleicht ist ja gerade Vollmond", grummelt sie missmutig vor sich hin und klaubt eine einzelne Socke vom Boden auf. „Oder irgendeine komische Planetenkonstellation. Wo ist die zweite Socke?"

Die bleibt verschwunden. Carlotta stöhnt auf. Sie fühlt sich nicht nur, als hätte sie keine Sekunde geschlafen, sie sieht auch so aus. Das stellt sie fest, als sie auf einem Fuß ins Badezimmer hüpft und einen Blick in den Spiegel wirft. Kurz entschlossen dreht sie das kalte Wasser auf und schaufelt es sich mit beiden Händen ins Gesicht. Leider bringt es nicht viel. Sie ist und bleibt blass wie die Wand. Die Ringe unter ihren Augen sind auch nicht zu übersehen. Sie ist urlaubsreif, ganz klar. Nur leider ist es bis zu den nächsten Ferien noch ziemlich lange hin.

Sie holt ein vollständiges Sockenpaar aus der Kommode und schlingt sich einen Schlauchschal um den Hals. Dazu zieht sie ein hellgraues T-Shirt an und schlüpft in ihre ausgeblichene Lieblingsjeans. Die Haare steckt sie zu einem lockeren Knoten zusammen. Mit dem Ergebnis ist sie einigermaßen zufrieden. Der bunte Schal lenkt wenigstens ein bisschen von ihrem farblosen Teint ab. Wäre Sofie noch hier, könnte sie sich von ihr ein bisschen Rouge ausleihen. Aber Sofie tourt gerade mit dem Jugendorchester ihres neuen Internats kreuz und quer durch Belgien und Frankreich. Ab und zu schickt sie bunte Postkarten von verschiedenen Orten, die Carlotta an ihre Pinnwand heftet. Sie schnappt sich ihren Rucksack und verlässt das Zimmer.

Trotz des regenbogenbunten Schals und der Katzenwäsche mit Eiswasser ist sie immer noch hundemüde und entsprechend wortkarg, als sie nach einem kurzen Spaziergang durch den Park den Speisesaal betritt.

Manu ist schon weg, aber Julian leistet ihr Gesellschaft. Er schlägt vor, gemeinsam mit dem Bus in die Stadt zu fahren. Sein Herrenausstatter liegt nur wenige Schritte von Carlottas Fotostudio entfernt.

Carlotta stimmt zerstreut zu. Sie hat keinen Schimmer, wie sie den Tag überstehen soll. Wahrscheinlich schneidet sie sich mit dem Paketmesser einen Finger ab. Oder ihr fällt eine Ladung Fotobücher auf den Fuß. Oder …

„Hi", sagt Niko und schiebt sein Tablett auf den Tisch. „Ist hier noch ein Plätzchen frei?"

„Klar", sagt Carlotta, während sie in ihrem Kakao rührt und ausrechnet, wie lange es noch dauert, bis Jonas sie abholt. Ihr Herz klopft noch genauso heftig wie am Vorabend. Möglicherweise noch ein kleines bisschen heftiger. Soll sie nicht doch lieber absagen? Sie könnte ihm eine SMS schicken: HAB'S MIR ANDERS ÜBERLEGT. Aber das wäre ziemlich feige, oder nicht?

Sie stöhnt leise auf.

Niko und Julian tauschen einen amüsierten Blick.

Carlottas Gesichtsfarbe wechselt übergangslos von kalkweiß zu ketchuprot. Sie trinkt schnell einen Schluck Kakao, um es zu überspielen.

Niko schmunzelt.

„Ich hab mal 'ne Frage an dich“, sagt er.

Carlotta stellt den Becher ab. Ein schmaler Kakaobart ziert ihre Oberlippe. Niko streckt eine Hand aus und wischt ihn vorsichtig fort. Wenn es ginge, würden Carlottas Wangen noch eine Spur röter anlaufen, aber eine Steigerung ist kaum möglich. Ihr Gesicht glüht. Sie hat das Gefühl, sich gerade ziemlich zum Deppen zu machen.

„Was denn?“ Sie beißt in ihr Marmeladenbrötchen, um ihre Nervosität zu verbergen.

„Bis zu unserem *Weekend of the Poems* ist es nicht mehr lange hin“, sagt Niko.

Carlotta nickt, während sie kaut.

„Für den *Midnight-Poem-Slam* wollen wir eine große Bühnenshow auf die Beine stellen“, fährt Niko fort. „Das soll richtig abgehen. Musik, Beleuchtung, Effekte …, das volle Programm.“

„Cool“, mümmelt Carlotta. Sie fragt sich, was sie damit zu tun hat. Schließlich hat sie nicht vor, sich mit einem selbst verfassten Gedicht auf einer öffentlichen

Bühne zum Clown zu machen. Sie hat schon genug andere Baustellen an der Backe.

Niko erklärt es ihr.

„Hättest du vielleicht Lust, dich mit einer Videoinstallation zu beteiligen? Du könntest deine Bilder mit einem Beamer an die Wand werfen. Vielleicht hast du ja was Passendes auf der Festplatte. Irgendwas Wildes, Surreales."

„Wild und surreal?", wiederholt Carlotta. Sie denkt an ihre Gummibärchenfotos. Die sind nett, niedlich und kreativ, aber ganz bestimmt nicht wild. Nicht mal ihre Naturaufnahmen sind es – von einigen Wolkenbildern vielleicht abgesehen. Der Rest geht allenfalls als romantisch und stimmungsvoll durch. Surreal ist was anderes.

Sie schüttelt den Kopf. „Nee, tut mir leid. Mit so was kann ich nicht dienen."

„Dann mach doch einfach neue Aufnahmen", mischt Julian sich ein. „Du bist doch Fotografin, oder nicht?"

Niko beugt sich vor. Seine braunen Augen funkeln. „Ja, genau! Schieß eine ganz neue Serie! Extra für unseren *Midnight-Slam*! Was hältst du davon?"

Was sie davon hält? Carlotta zieht die Stirn kraus. Die

Idee gefällt ihr. Allerdings käme viel Arbeit auf sie zu. Ihr privates Chaos und das Praktikum lassen ihr im Moment kaum Zeit zum Fotografieren. Es ginge höchstens an den freien Wochenenden. Aber ob sie es hinbekommt, etwas wirklich Wildes und komplett Neues zu schaffen? Sie fühlt sich ein bisschen überfordert.

„Du hast noch genug Zeit", meint Niko. „Überleg's dir in Ruhe. Um den ganzen technischen Kram – Beamer, Laptop, Leinwand und so weiter – musst du dich nicht kümmern. Das besorg ich irgendwie. Sag mir nur, was du brauchst."

Carlotta pickt ein paar Krümel von ihrem Teller. „Okay. Ich überleg's mir."

Niko nickt zufrieden.

Plötzlich kommt Carlotta ein Gedanke.

„Wieso machst du's eigentlich nicht selbst? Du bist doch ein viel besserer Fotograf als ich. Deine Schwarz-Weiß-Porträts sind genial!"

Niko grinst. „Ich weiß. Aber ich mach beim Slam mit. Da kann ich mich nicht nebenbei auch noch um die Show kümmern. Ich hab schon genug mit meiner eigenen Perfomance zu tun. Ich will das Ding rocken!"

„Du machst beim Slam mit?" Carlotta klappt das Kinn nach unten.

Nikos Grinsen wird breiter.

„Klar. Ich bin ein berüchtigter Slammer in Berlin. Frag meinen Bruder.“

„Cool!“, sagt Julian bewundernd.

Carlotta weiß nicht, was sie erwidern soll. Niko auf einer Bühne, mit einem eigenen Text. Womöglich gedichtet und gerappt. Je länger sie darüber nachdenkt, desto besser gefällt ihr die Vorstellung.

„Ich überleg's mir bis zum Wochenende“, verspricht sie.

Niko hebt einen Daumen. „Perfekt!“

Den ganzen Tag muss Carlotta an den Poetry-Slam denken. Sie fühlt sich wie elektrisiert. Nikos Angebot hat es tatsächlich geschafft, sie von dem Treffen mit Jonas abzulenken. Inzwischen ist sie ziemlich fest entschlossen mitzumachen. Sie sieht ihre Performance schon vor sich. Wilde, leicht verzerrte und verwackelte Fotos vom Schloss und vom See. Am besten wäre es, wenn in den nächsten Tagen ein Unwetter toben würde. Ein Sturm, ein Gewitter. Vielleicht sogar ein Tornado.

Je schlimmer, desto besser! Sie würde keine Sekunde zögern und alles im Bild festhalten. Schwarz-weiß, bunt, monochrom. Oder soll sie vielleicht doch lieber die Teilnehmer des Slams fotografieren und die Porträts an die Leinwand werfen? Nein, Porträts sind Nikos Spezialität. Entfesselte Natur ist besser!

„Viel besser!", sagt sie laut und spürt die Begeisterung bis in die Haarspitzen.

Dass sie laut gesprochen hat, macht nichts. Sie hockt ganz allein vor einem riesigen Computer in einem Nebenraum des Fotostudios und lässt Passfotos durch ein vollautomatisches Korrekturprogramm laufen.

In einer endlosen Reihe ziehen wildfremde Gesichter wie auf einem Fließband an ihr vorbei. Nach ein paar Minuten hat Carlotta aufgehört Einzelheiten wahrzunehmen. Mal sind die Haare blond, mal braun, mal schwarz, mal lang, mal kurz. Mal sind die Gesichter jung, mal alt. Wegen der Vorschriften für amtliche Passbilder haben alle Kunden einen identischen Gesichtsausdruck. Es wär toll, wenn zwischendurch mal einer lächeln würde, überlegt Carlotta. Oder eine rote Clownsnase aufhätte. Aber das passiert natürlich nicht. Es gibt nur ausdruckslose, ernste Mienen. Richtig unheimlich. Wie geklonte Schaufensterpuppen.

Sie schaut auf die Wanduhr und gähnt. Noch eine Viertelstunde bis zur Mittagspause.

Als es so weit ist, winkt sie Frau Weinreich zu und verlässt den Laden. Herr Brauer ist mal wieder unterwegs.

Der hat's gut, denkt Carlotta. Der kann den ganzen Tag fotografieren, während Frau Weinreich das Geschäft hütet und ich mir am Bildschirm viereckige Augen hole.

Sie hat eine halbe Stunde Mittagspause. Es lohnt sich nicht extra ins Internat zu fahren. Sie hat sich mit Julian verabredet, um irgendwo eine Kleinigkeit zu essen. Eigentlich würde sie viel lieber fotografieren. Sie hat extra ihre Kamera mitgenommen. Aber das Knurren ihres Magens ist nicht länger zu ignorieren.

Sie entdeckt Julian vor dem Schaufenster des noblen Herrenausstattergeschäfts. Er bewundert gerade sein eigenes Spiegelbild. Carlotta macht schnell einen Schnappschuss, ohne dass er es merkt, und tippt ihm anschließend auf die Schulter. „Hi, Julian!"

Julian zuckt leicht zusammen. Dann überprüft er ein letztes Mal den Sitz seines karierten Jacketts, fährt sich mit einer Hand über die Haare und nickt ihr zu.

„Wie war dein Tag?"

Carlotta grinst. „Ganz okay bis jetzt. Und deiner?"

„Ich habe heute einen Anzug verkauft. Mein Chef hat mich sehr gelobt. Er meint, ich hätte ein Händchen für das Beratungsgespräch und außerdem einen erlesenen Geschmack." Julian lächelt selig. „My goodness! Ich glaube, ich höre mit der Schule auf und mache eine Ausbildung zum Herrenausstatter. Die Arbeit liegt mir. Die Stoffe, die Schnitte, die gediegene Atmosphäre im Laden … Ich liebe das alles!"

„Klingt perfekt", grinst Carlotta. „Und es passt irgendwie zu dir."

„Kein Zweifel", nickt Julian.

In dem Imbiss, den sie ansteuern, ist die Hölle los. Hungrige Schüler, Handwerker, Büroangestellte, Rentner – alle scheinen Appetit auf Pommes und Hamburger zu haben.

„Gut, dass Manu uns nicht sieht", sagt Julian.

„Stimmt", lacht Carlotta. „Vegetarisch und klimafreundlich ist der Laden nicht gerade."

Sie bestellen zwei Portionen Pommes, dazu Burger und Eistee und suchen sich anschließend einen Platz an einem Stehtisch im Freien.

Carlotta legt ihre Kamera auf den Tisch und macht hin und wieder einen Schnappschuss.

Julian fragt sie, ob sie sich schon entschieden hat.

„Wegen des Slams?“, fragt Carlotta zurück. „Ja, ich werd’s machen. Ich hab echt Lust darauf.“

Julian hebt seinen Becher und strahlt. „Darauf sollten wir unbedingt anstoßen!“

Nach dem Essen trennen sie sich voneinander. Carlotta betrachtet die Fotos, die sie gemacht hat, auf dem Display und lächelt zufrieden. Die Bilder versüßen ihr den Nachmittag, der ähnlich öde und unspektakulär ist wie der Vormittag – nur mit dem Unterschied, dass sie statt auf endlose Reihen von Passfotos zu starren wieder Kartons auspacken darf.

Aus ihrem Seufzen wird ein Stöhnen. Die Aussicht, dass es die kommenden zwei Wochen so weitergehen wird, ist einfach schrecklich.

Als Frau Weinreich zwischen Kundschaft, Telefonaten und dem Polieren von Bilderrahmen kurz Zeit hat, spricht Carlotta sie an.

„Darf ich Sie mal was fragen?“

„Natürlich“, sagt Frau Weinreich.

„Sind Sie eigentlich gelernte Fotografin?“

„Ja, ich habe meine Ausbildung hier gemacht.“

„Hier?“, fragt Carlotta verblüfft.

Frau Weinreich nickt. „Du wunderst dich wahrscheinlich darüber, dass ich die meiste Zeit im Laden stehe. Aber das gehört dazu. Inzwischen ist es sogar meine Hauptaufgabe. Die meisten Leute fotografieren heutzutage selbst. Sie haben Digitalkameras, bearbeiten ihre Aufnahmen am PC und drucken die Fotos zu Hause aus. Früher war das noch anders. Da hab ich viel mehr fotografiert und stand anschließend stundenlang in der Dunkelkammer, um die Bilder zu entwickeln und zu vergrößern."

Carlotta nagt an der Unterlippe. Was Frau Weinreich sagt, macht sie nachdenklich.

„Aber mir gefällt die Arbeit", fährt Frau Weinreich fort. „Ich mag den Kundenkontakt. Das Handwerkliche war mir nie so wichtig."

„Bei mir ist es genau umgekehrt", gibt Carlotta zu. „Am liebsten würde ich von morgens bis abends mit meiner Kamera herumlaufen, fotografieren und später die Aufnahmen bearbeiten, bis sie perfekt sind. Ich möchte experimentieren und ganz neue Sachen machen, aber nicht am Fließband arbeiten oder den ganzen Tag im Laden stehen und Fotoalben verkaufen. Entschuldigung, das war nicht persönlich gemeint", fügt sie schnell hinzu, aber Frau Weinreich lächelt.

„Versteh ich doch", sagt sie. „Dir liegt der kreative Aspekt am Herzen. Dann solltest du später versuchen, bei einem freien Fotografen zu arbeiten. Oder du absolvierst ein Studium an einer Hochschule."

„Man kann Fotografie studieren?", fragt Carlotta.

„Klar. Es gibt einige Studiengänge, die in Frage kommen. Fotografie, Kommunikationswissenschaften, Design", zählt Frau Weinreich auf. „Medientechnik, visuelle Kommunikation, freie bildende Kunst und, und, und. Am besten informierst du dich im Internet und schaust dir die Homepages der Hochschulen an."

„Cool, danke für den Tipp!" Carlotta strahlt.

„Bestimmt findest du etwas, das deinen Vorstellungen entspricht. Du hast ja noch ein bisschen Zeit bis zum Abi", sagt Frau Weinreich.

Stimmt, denkt Carlotta und ist darüber ziemlich froh.

Weil weder im Laden noch im Lager viel zu tun ist, gibt Frau Weinreich ihr den Rest des Nachmittags frei.

„Schnapp dir deine Kamera, geh raus und fotografiere! Ich rede nachher mit dem Chef. Vielleicht kann er dich in den nächsten Tagen mal zu einem Fotoshooting mitnehmen. Er hat ein paar Außentermine in seinem Auftragsbuch. Ich glaube, das liegt dir mehr."

„Garantiert!“ Carlotta wirft sich ihren Rucksack über die Schulter und bedankt sich. Den Fotoapparat hält sie fest in der Hand. Als das Türglöckchen bimmelt und sie durch die Ladentür hinausschlüpft, hat sie nur einen einzigen Gedanken im Kopf: Endlich frei!

Sie streift kreuz und quer durch die Stadt und fotografiert alles, was ihr vor die Linse kommt. Menschen, Häuser, Bäume, Autos, Zebrastreifen, Verkehrsschilder, einfach alles.

Der Himmel ist leicht bewölkt. Es sieht nach Regen aus, aber Carlotta lässt sich davon nicht beeindrucken. Schließlich braucht sie spektakuläre, wilde Fotos.

Seit sie ihre Entscheidung getroffen hat, freut sie sich riesig auf den Poetry-Slam und kann es kaum noch erwarten, ihr Können und ihre Kreativität unter Beweis zu stellen. Ganz kurz überlegt sie sogar, Jonas anzurufen. Sie fühlt sich gerade so beschwingt, dass sie das Gefühl gerne mit jemandem teilen möchte. Mit jemand ganz Besonderem. Aber dann lässt sie es bleiben. In ein paar Stunden sieht sie ihn eh. Vielleicht hält ihr kribbeliges Gefühl bis dahin an.

Im Moment könnte sie glatt die ganze Welt umarmen. Möglicherweise sogar Jonas.

Sie weiß gar nicht genau, woher das Gefühl so plötzlich kommt. Daran, dass sie sauer auf ihn ist, hat sich schließlich nichts geändert. Trotzdem … Je länger Carlotta an ihn denkt, desto mehr wünscht sie sich, sie könnte das Kriegsbeil begraben und ihm verzeihen.

Es hört sich so leicht an, denkt sie. Jemandem zu verzeihen.

Aber das ist es nicht. Nicht immer.

Kann man Sorgen im See versenken?

Je näher das Treffen mit Jonas rückt, desto nervöser wird Carlotta. Sie schiebt ihre Kamera in den Rucksack und kauft sich eine Limo. Aus dem aschgrauen Himmel fällt leichter Nieselregen. Er ist fast so spektakulär wie der Feierabendverkehr in Bieneburg, nämlich überhaupt kein bisschen.

Sie beschließt, die Motivsuche für den Slam auf einen anderen Tag zu verschieben. Vorher muss sie unbedingt die Wettervorhersage im Internet checken. Vielleicht gibt es ja am Wochenende ein klitzekleines Unwetter?

Mit der Limoflasche in der Hand schlendert sie zum Fotogeschäft zurück.

Sie sieht Jonas schon aus der Ferne. Er lehnt mit dem Rücken an einem Baum, die Hände tief in den

Taschen seiner Jeans vergraben und den Kopf gesenkt. Sein linkes Bein ist angewinkelt. Den Fuß hat er gegen den Baumstamm gestützt.

Carlotta bleibt stehen. Jonas hat sie noch nicht bemerkt. Zu gerne würde sie ein paar Aufnahmen von ihm machen, aber ihr Fotoapparat steckt ganz unten in ihrem Rucksack. Ihn herauszuholen wäre viel zu umständlich. Stattdessen zückt sie einfach ihr Handy und macht einen Schnappschuss.

Ihr Herz läuft fast über, als sie Jonas auf dem Display sieht. Traurig, nachdenklich, auf sie wartend. Mit einem Mal bekommt sie ein schlechtes Gewissen. Wie konnte sie nur so gemein zu ihm sein! Und so egoistisch! Nur weil er einen Fehler gemacht hat. Einen einzigen dummen Fehler …

Hat er es wirklich verdient, dass sie ihm deswegen die kalte Schulter zeigt? Hat er nicht schon genug Ärger? Müsste sie ihm nicht eigentlich zur Seite stehen und ihm helfen?

Hinter ihrer Stirn hämmert es heftig. Die Gedanken überschlagen sich.

Er hat dich nicht gezwungen dich auf den Motorroller zu setzen, flüstert eine wohlbekannte Stimme in ihrem Kopf. Du hast es freiwillig getan. Ihr hattet den

Unfall zusammen. Jetzt müsst ihr gemeinsam die Konsequenzen tragen.

Der heftige Wunsch, sich auf der Stelle mit Jonas zu vertragen, trifft sie wie ein Blitz. Sie weiß gar nicht, was der Auslöser ist. Vielleicht, dass er da so einsam an dem Baum steht?

Sie hat ihn nicht mehr gesehen, seit sie im Polizeirevier auf der Bank gesessen haben. Danach nur noch ein einziges Mal von weitem. Aber das zählt nicht. Das Einzige, was zählt, sind ihre Gefühle für ihn. Und die sind immer noch da – obwohl sie es ziemlich erfolgreich geschafft hat sie in den vergangenen Tagen in eine Ecke ihres Gehirns zu verbannen, die sie nicht sehr häufig benutzt.

All seine Anrufe in der letzten Zeit, die Nachrichten auf ihrem Handy …

Carlotta schämt sich fast dafür, dass sie zu feige war die Friedensangebote anzunehmen. Natürlich weiß sie, dass es nicht einfach werden wird alles wieder ins Lot zu rücken. Sie hat keine Ahnung, ob sie es schaffen wird ihm wieder zu vertrauen. Aber sie will es versuchen. Sie haben doch gerade erst angefangen sich richtig kennenzulernen. Soll das etwa alles schon wieder vorbei sein?

Nein, denkt sie und strafft die Schultern. Es darf nicht vorbei sein. Ich möchte mit ihm sprechen. Ich muss mir anhören, was er mir sagen will. Ganz in Ruhe.

Sie stopft ihr Handy in die Tasche und wechselt auf die andere Straßenseite.

Jonas schaut auf, als er ihre Schritte hört.

„Hey“, sagt er und stößt sich von dem Baumstamm ab. Mit einer Hand wischt er sich eine verirrte Haarsträhne aus der Stirn. Sein Blick wirkt verlegen und unsicher, als wäre er sich nicht sicher, ob es angebracht ist zu lächeln. Er lässt es bleiben.

„Hey“, sagt Carlotta. „Wartest du schon lange? Ich hatte den Nachmittag frei.“

„Kein Problem.“ Jonas zuckt mit den Schultern.

Weil sie nicht wissen, was sie sagen sollen, schweigen sie beide. Eine verlegene Pause entsteht.

„Bist du mit dem Fahrrad gekommen?“, fragt Carlotta schließlich.

„Jo. Steht dahinten.“ Jonas zeigt mit dem Daumen auf eine Häuserwand. Sein zerschrammtes Mountainbike lehnt an einem Mauersims. „Ich dachte, wir könnten vielleicht an den See fahren.“

„Ich bin mit dem Bus da“, erwidert Carlotta.

„Ich kann schieben“, meint Jonas. „Kein Ding.“

„Schade, dass du keinen Gepäckträger hast", bemerkt Carlotta. „Sonst könntest du mich mitnehmen."

„Tja", seufzt Jonas. „Schade ..."

Bevor aus lauter Verlegenheit erneut eine Pause entstehen kann, geht Jonas zu seinem Rad.

Carlotta folgt ihm. Sie hebt ihr Gesicht und holt tief Luft. Der Nieselregen hat aufgehört. Der Himmel ist aufgerissen.

Sie gehen die Straße hinunter und folgen schon bald einem Schild, das auf den Wanderweg hinweist, der rund um den Prinzensee führt. An den Wochenenden wimmelt es hier von Spaziergängern und Hunden mit ihren Besitzern.

Heute sind Carlotta und Jonas allein. Nur ein einsamer Radfahrer ist in der Ferne zu sehen, der kurz darauf hinter einer Reihe Kiefern verschwindet.

Jonas schiebt sein Rad mit einer Hand.

„Wie geht's dir so?", fragt er nach einer ganzen Weile ohne Carlotta anzusehen.

Carlotta zupft im Vorbeigehen ein Blatt von einem Strauch und zerreibt es zwischen ihren Fingern.

„Ganz gut."

Sie erzählt von dem Poetry-Slam und ihrem Auftrag, den Wettbewerb mit einer Fotoshow aufzupeppen.

Jonas hört interessiert zu.

„Klingt spannend“, meint er. „Und das Praktikum?“

„Das ist leider überhaupt nicht spannend“, seufzt Carlotta. „Im Gegenteil, bis jetzt durfte ich nur Ware auspacken und Passfotos angucken. Ich bin froh, wenn die zwei Wochen vorbei sind.“

„Vielleicht wird’s ja noch besser“, sagt Jonas.

Carlotta schüttelt den Kopf. „Kann ich mir nicht vorstellen.“

Sie seufzt noch einmal. Jonas wirft ihr einen Blick zu. Plötzlich bleibt Carlotta stehen.

„Sag mal, findest du es nicht auch ziemlich albern, wie wir hier um den heißen Brei herumreden?“

Jonas stolpert vor Schreck fast über ein Pedal. Er starrt sie an. „W-was meinst du?“

„Dass wir hier nur blöden, unwichtigen Small Talk halten“, erwidert Carlotta. „Ich finde, das nervt ziemlich.“

Jonas zieht den Kopf ein. „Stimmt. Du hast Recht. Aber was soll ich dir denn sonst erzählen? Dass ich tierischen Stress mit meinen Eltern hab? Dass ich die Fahrschule erst mal vergessen kann? Dass ich eine Anzeige am Hals habe? Verstöße gegen alle möglichen Verordnungen und Gesetze, Fahren ohne Fahrerlaubnis und Gefährdung des Straßenverkehrs!“ Er schnaubt verächtlich. „Dass ich dich da mit hineingezogen hab, ist das Allerschlimmste! Ich bin echt so ein Arsch!“

„Ja, bist du“, nickt Carlotta.

Jonas starrt sie an. Seine sonst so fröhlichen Augen blicken ernst. „Es tut mir leid. Ich weiß gar nicht, wie ich's dir sagen soll. Was soll ich machen, um es dir zu beweisen? Sag mir, was ich tun soll! Ich tu's – egal, was es ist! Ich würde alles tun, um es ungeschehen zu machen.“

„Du kannst es aber nicht ungeschehen machen“, antwortet Carlotta. „Niemand kann das. Leider.“

Sie streckt eine Hand aus und fährt mit ihren Fingerspitzen über Jonas' Handrücken. „Mir tut es leid, dass ich dich so mies behandelt hab. Vielleicht hätten wir gleich miteinander reden sollen.“

„Gut, dass wir's jetzt machen“, antwortet Jonas zögernd.

Sie gehen langsam weiter.

„Ja, stimmt“, sagt Carlotta. Sie stellt fest, dass sie schon ein ganzes Stück Weg zurückgelegt haben. Vor ihnen schimmert der Prinzensee zwischen den Bäumen hindurch. Rechts davon kann sie die Silhouette des Schlosses erkennen.

Kurz vor dem Seeufer kommen sie an eine Weggabelung. Der Wanderweg zweigt hier ab und beschreibt einen Bogen. Der andere, schmalere Pfad ist ein Privatweg, der auf das Internatsgelände führt.

Sie öffnen ein schmiedeeisernes Tor. Jonas lässt Carlotta den Vortritt. Anschließend schiebt er sein Rad hindurch und zieht das Tor hinter sich zu.

„Wollen wir uns irgendwo hinsetzen oder musst du gleich zum Abendessen?" Jonas muss sich bücken, um einem tief hängendem Zweig auszuweichen.

Carlotta zeigt auf zwei flache Steine. Sie liegen etwas versteckt am Ufer. „Da ist ein guter Platz. Ich hab noch ein bisschen Zeit."

Jonas legt sein Rad ins Gras. Seite an Seite stapfen sie durch das Dickicht und bleiben am Wassersaum stehen. Die Sonne hängt am Himmel wie eine blasse Orangenscheibe.

Carlotta schirmt ihre Augen mit einer Hand ab und schaut über die spiegelglatte Oberfläche des Sees. Der Anblick ist so schön, dass sie am liebsten schon wieder seufzen würde, aber sie unterdrückt es.

Jonas steht neben ihr. Ihre Schultern berühren sich. Sie wenden sich gleichzeitig die Gesichter zu. Jonas lächelt traurig.

„Ich mag dich“, sagt er leise. „Ich vermiss dich.“

Carlotta weiß nicht, was sie erwidern soll.

„Ich mag dich auch“, flüstert sie schließlich.

Jonas legt ihr einen Arm um die Schulter. Carlotta legt ihre Wange an seine Jacke und schließt die Augen.

„Meinst du, ich krieg das wieder hin?“, fragt Jonas nach einer ganzen Weile.

„Meinst du das mit uns? Oder das mit dem Roller und der Anzeige?“, fragt Carlotta zurück.

„Beides“, sagt Jonas ehrlich. „Aber zuerst mal das mit uns. Das ist das Wichtigste. Den Rest schaff ich dann schon irgendwie.“

Carlotta hebt ihren Kopf und schaut ihn lange an.

„Wir schaffen das zusammen“, sagt sie entschlossen und stellt sich auf die Zehenspitzen, um ihn zu küssen.

Jonas hält sie so vorsichtig im Arm, als hätte er Angst, sie könnte zerbrechen. Als sie sich wieder anschauen, lächelt er. „Wollten wir uns nicht eigentlich hinsetzen?“

„Eigentlich schon“, grinst Carlotta.

Sie hocken sich nebeneinander auf einen großen Stein. Jonas nimmt ihre Hand.

Es fühlt sich so gut an, denkt Carlotta. Katie hatte

neulich doch nicht Recht. Ich bin nicht hartherzig. Ich kann Jonas verzeihen. Wir schaffen das!

„Woran denkst du?“, will Jonas wissen.

„An nichts Bestimmtes.“

Jonas gibt sich mit der Antwort zufrieden.

Sie bleiben am See sitzen und unterhalten sich, bis irgendwann die Turmuhr im Schloss schlägt. Jonas erzählt Carlotta, wie es dazu gekommen ist, dass er sich den Motorroller ausgeliehen hat. Er kannte den vermeintlichen Besitzer nur über drei Ecken.

„Er ist kein richtiger Freund von mir“, versichert er. „Dass der Roller gestohlen, frisiert und nicht ordnungsgemäß versichert war, wusste ich wirklich nicht!“

Carlotta glaubt ihm. Warum sollte er lügen? Sie vertraut ihm.

„Eins musst du mir aber trotzdem versprechen“, sagt sie, als er mit Erzählen fertig ist.

„Was denn?“, fragt Jonas.

„Dass du mich erst wieder zu einer Spritztour einlädst, wenn du einen gültigen Führerschein und ein eigenes Fahrzeug hast.“

„Ich schwör's!“ Jonas hebt die rechte Hand.

Als die Turmuhr noch einmal schlägt, stehen sie auf.

„Ich wünschte, man könnte alle Sorgen in den See werfen und sie einfach versenken." Carlotta breitet ihre Arme aus.

„Versuch's doch", schlägt Jonas vor. „Vielleicht klappt's ja."

An diesem Abend ist Carlotta so beschwingt, dass sie sich beherrschen muss, um nicht laut singend durch den Speisesaal zu tanzen. Sie fühlt sich, als wäre eine tonnenschwere Last von ihren Schultern gefallen. Es ist unglaublich.

„Geht's dir gut?", erkundigt sich Manu neugierig.

Carlotta nickt und strahlt gleichzeitig.

„Du hast den Bus verpasst", bemerkt Julian etwas spitz. „Ich hab am ZOB in Bieneburg auf dich gewartet."

„Oh Shit!" Carlotta schlägt sich die Hand vor den Mund. „Ich hab total vergessen, dass wir zusammen nach Hause fahren wollten. Entschuldige."

„No problem", sagt Julian gnädig.

Carlotta hat sich alles Mögliche auf das Tablett geladen, von dem sie nicht mal im Ansatz ahnt, was es ist. Hunger hat sie nicht – die Schmetterlinge in ihrem Bauch lassen nicht viel Platz –, aber Appetit schon. Das Büfett ist einfach zu verlockend.

Sie schnuppert an den Speisen. Sie duften, als kämen sie direkt aus einem afrikanischen Märchen. Oder vielleicht aus einem arabischen?

„Couscous, marokkanische Linsen, Falafel, gebratene Auberginen mit Hummus." Manu deutet mit ihrer Gabel auf die einzelnen Bestandteile auf Carlottas Teller und nickt zufrieden. „Gute Mischung. Hau rein!"

Die Aufforderung wäre nicht nötig gewesen. Carlotta hat ihre Gabel schon in den Linsen versenkt und kaut begeistert.

„Gibt es übrigens einen speziellen Grund für deine gute Laune?", erkundigt sich Manu.

„Jonas und ich haben uns endlich ausgesprochen", seufzt Carlotta. Sie weiß eigentlich gar nicht, warum sie seufzt. Ist es wegen Jonas? Dem leckeren Essen? Ihrer guten Laune? Egal, es ist ein behagliches Seufzen.

„Really?" Julian zieht die Augenbrauen hoch.

„Ja, wirklich", nickt Carlotta.

„Dann ist jetzt alles wieder Friede, Freude, Eierkuchen?", hakt Manu nach. „Obwohl du bis vor kurzem noch fest entschlossen warst, ihn bis an sein Lebensende zu verachten? Das finde ich aber ziemlich erstaunlich! Woher kommt dieser plötzliche Sinneswandel?"

„Keine Ahnung", gibt Carlotta zu. „Es ist einfach passiert. Als ich ihn heute gesehen hab, war es, als wäre eine Klappe gefallen. Ich glaub, ich hab heute erst gemerkt, wie sehr ich ihn eigentlich mag und wie viel er mir bedeutet. Ich will ihn nicht verlieren."

„Gut, dass er so hartnäckig war und nicht lockergelassen hat", bemerkt Julian.

Manu stimmt ihm zu. Carlotta auch.

„Du hast Recht. Wenn er nicht immer wieder angerufen und gesimst hätte, wär's jetzt vielleicht aus." Sie trinkt einen Schluck Wasser und schüttelt den Kopf. „Ich glaub nicht, dass ich den ersten Schritt gemacht hätte."

„Nee, dazu bist du viel zu stur." Manu gähnt. „Oh, Mann, bin ich müde! Dieses frühe Aufstehen macht mich echt fertig!"

„Wie läuft's denn bei dir?", fragt Carlotta neugierig. „Darfst du die edlen Pferde inzwischen duzen?"

„Ja, zum Glück. Es sind ein paar ganz nette darunter. Heute durfte ich eine Runde im Sulky drehen. Ihr wisst schon, das sind diese kleinen Trabrennwagen. In einer Kurve wär ich fast rausgeflogen. War echt lustig." Manu kichert.

„Und deine Haikus? Kommst du überhaupt noch zum Dichten?", fragt Carlotta weiter.

„Na logo! Wollt ihr mal hören?" Manu zieht ein zerfleddertes Notizbuch aus ihrer Jeanstasche und blättert es auf.

„Die Pferde fliehen wenn ihre Stricke reißen ab in die Freiheit."

„Wow!", macht Carlotta. „Hast du das im Stall gedichtet?"

„Jepp. Ist mir heute beim Füttern eingefallen."

„Du solltest vielleicht ein wenig an der Betonung und deiner Performance arbeiten", schlägt Julian vor. „Weißt du schon, was du anziehen wirst? Ich kann dich gerne beraten."

Manu verdreht die Augen.

„Vergiss es!", sagt sie und schiebt das Notizbuch in die Tasche zurück. „Ich werde ganz bestimmt keine Bühnenshow abziehen oder mich extra aufbrezeln. Die Leute müssen mich so nehmen, wie ich bin."

„Wie immer also", grinst Carlotta.

„Genau so!“, nickt Manu.

Julian schweigt eingeschnappt.

Als sie später allein in ihrem Zimmer ist, klappt Carlotta ihr Notebook auf und fährt es hoch. Sie muss unbedingt Katie über die neuesten Entwicklungen informieren. Vielleicht ist sie ja gerade on.

Kurz nachdem sie sich eingeloggt hat, leuchtet neben Katies Nicknamen ein giftgrüner Punkt auf.

CoolKat: Was gibt's?
Lotta13: 'ne Menge!
CoolKat: Erzähl!
Lotta13: Jonas & ich sind wieder zusammen ...
CoolKat: Cooooooooooooooooooooooool!!!!!! Wie das denn?
Lotta13: Wir hatten ein Date, haben geredet und –
CoolKat: – geknutscht??
Lotta13: Ja, auch.
CoolKat: Voll krass, Glückwunsch! Sorry, muss los.
Lotta13: Ruf mich nachher an.

CoolKat: ok *stolzbin*, *umärmel*
Lotta13: *umärmelhochzwei*

Carlotta loggt sich aus und wechselt zu ihrem Maileingang.

Sie findet eine Nachricht von Mam:

Liebe Carlotta,
hast Du Dich schon entschieden bezügl. des nächsten Heimfahrtwochenendes?
Wir würden uns freuen, wenn Du zu uns kommen würdest. Du hast die Zwillinge so lange nicht gesehen! Überlegst Du es Dir bitte und rufst mich dann an?
Ganz liebe Grüße von uns allen!
Mama

Carlotta kritzelt eine Notiz auf einen Klebezettel – „Demnächst Mam anrufen!“ – und verschiebt die Mail in den Nilpferd-Family-Ordner. Dann nimmt sie sich die nächste vor. Sie ist von ihrem Vater:

Liebste Tochter,
was macht die Kriminalitätsrate im Internat? Und Dein Vorstrafenregister? Ich hoffe, es ist sauber. ☺

Weißt Du schon, ob Du in zwei Wochen kommst? Bis dahin müsste Deine Heimfahrtsperre aufgehoben sein. Es sei denn, Du frisst vorher wieder was aus ... ;)
Dein alter Vater würde sich über Deinen Besuch freuen und was Leckeres kochen.
Grüße, auch von Tessa & Lilli
Dein Dad

Carlotta lächelt. Wie es scheint, ist nicht nur mit Jonas alles wieder im Lot. Auch ihre Eltern kehren langsam zur Normalität zurück. Keine unterschwelligen Vorwürfe mehr, keine überbesorgten Nachfragen. Ihr Vater macht sogar schon wieder Witze. Das ist gut, sehr gut sogar! Allerdings wird es mit dem Besuchswochenende leider nichts werden. Sie wirft einen Blick auf den Wandkalender über ihrem Schreibtisch, auf dem die Heimfahrtwochenenden des gesamten Schulhalbjahrs farblich markiert sind. Ausgerechnet an dem Wochenende, an dem sie wieder nach Hause darf, findet das *Weekend of the Poems* statt. Obwohl der Slam keine Schulveranstaltung ist, verzichten fast alle auf ihr freies Wochenende, um dabei zu sein. Es ist absolut ausgeschlossen, dass sie dann zu ihrer Mutter oder ihrem Vater fährt. Der Slam ist wichtiger.

„Sorry, Familie“, sagt sie und verschiebt auch die Mail ihres Vaters in einen anderen Ordner. Zu dem ersten Notizzettel kommt ein zweiter, damit sie nicht vergisst anzurufen.

Sie ist gerade dabei, Spam zu löschen, als eine freundliche Stimme den Eingang einer neuen Mail verkündet. Sie ist von Niko:

Hi C.!
Was macht die Planung? Wollen wir uns wg. der Performance mal zusammenhocken?
Lg N.

Carlotta runzelt die Stirn. Wieso schickt er ihr eine Mail, wenn er nur ein paar Meter zurücklegen und an ihre Zimmertür klopfen muss, um mit ihr zu reden? Sie will gerade antworten, als ein PS kommt:

Sitze in der Küche.
Tee ist fertig.
Komm runter, wenn Du magst.
N.
Es gibt auch Kekse! ☺

Carlottas Stirn wird noch eine Spur krauser, aber gleichzeitig muss sie grinsen. Sie sieht Niko direkt vor sich, wie er mit seinem Laptop, dessen Rückseite vor lauter Surf- und Anti-Irgendwas-Aufklebern kaum noch zu sehen ist, am Küchentisch hockt, Tee schlürft und ihr eine Mail schreibt. Anscheinend hat er Langeweile.

Sie klappt ihr Notebook zu und springt auf.

Tee und Kekse? Klingt gut. Warum eigentlich nicht.

Spektakulär und kreativ

Niko wartet tatsächlich in der Gemeinschaftsküche auf sie. Sein schweigsamer Mitbewohner Ben schlüpft gerade durch die Tür hinaus und prallt dabei fast mit Carlotta zusammen. Er grüßt sie flüchtig, bevor er in einem der Zimmer verschwindet, die von dem verwinkelten Hausflur abgehen.

Niko lehnt lässig am Kühlschrank und rührt in seinem Teebecher. Er schaut auf, als Carlotta um die Ecke kommt.

„Hi!“

„Hallo“, erwidert Carlotta. „Danke für die Mail.“

„Gerne.“ Er lächelt. „Tee? Kekse?“

„Beides. Deswegen bin ich doch runtergekommen.“

„Nur deswegen?“ Aus Nikos Lächeln wird ein Grinsen.

Seine Frage schwebt unbeantwortet im Raum, während er Carlottas Blümchenbecher aus dem Regal nimmt.

Carlotta setzt sich auf einen Stuhl. Vor ihr auf dem Tisch steht eine geöffnete Keksdose. Sie greift hinein und angelt sich ein Waffelröllchen.

„Klar nur deswegen", gibt sie zurück. „Was dachtest du denn?"

Niko schenkt Tee ein, wirft einen Zuckerwürfel dazu und reicht ihr den Becher. „Geschüttelt, nicht gerührt."

„Perfekt!" Carlotta zerknuspert die Waffel und umfasst den Becher mit beiden Händen. Die Wärme des Tees dringt durch das dicke Porzellan.

Niko setzt sich ihr gegenüber an den runden Tisch und nimmt sich auch einen Keks.

„Bist du schon weiter mit deinen Überlegungen?"

„Du meinst, wegen meiner Performance für den Slam? Ja, ich bin dabei. Ich hab richtig Lust bekommen." Carlotta trinkt einen Schluck Tee. Ihre Augen funkeln.

„Super!", antwortet Niko. „Hast du schon konkrete Ideen? Vorschläge? Motive? Themen? Fragen?"

„Mindestens tausend Fragen", gibt Carlotta zu. „Ich

würde gerne etwas richtig Wildes auf die Leinwand werfen, aber mir fehlen die passenden Motive. Porträts kommen nicht in Frage. Gummibärchen auch nicht."

Niko gibt ihr Recht. „Nee. Aber wie wär's zum Beispiel mit Alltagsszenen? Straßenverkehr, Rushhour … Irgendwas Temporeiches."

Carlotta nickt nachdenklich. „An so was hab ich auch schon gedacht. Allerdings ist die Rushhour in Bieneburg nicht gerade temporeich. Das hab ich heute live erlebt."

„Stimmt." Niko lacht. „Es müssten schon Bilder einer Großstadt sein. Aus einer coolen Metropole. Berlin, London, New York. Am besten bei Nacht."

„Du und deine Nachtaufnahmen", zieht Carlotta ihn auf.

Er grinst nur.

Plötzlich klingelt Carlottas Handy. Sie hat es auf den Tisch gelegt. Niko wirft einen Blick darauf, bevor er es ihr hinschiebt. „Jonas is calling", sagt er.

Carlotta überlegt kurz, ob sie den Anruf unterdrücken soll, aber dann geht sie doch ran.

„Hey", meldet sie sich.

Niko steht auf. Er füllt frisches Teewasser in einen Teekessel und stellt ihn auf den Herd.

„Hi“, sagt Jonas. „Alles klar bei dir? Was machst du so?“

Seine Stimme klingt ganz nah. Als würde er vor der Tür stehen.

„Ich hocke hier gerade mit ein paar Leuten zusammen. Wir müssen noch was wegen meiner Fotoshow besprechen.“ Carlotta lehnt sich zurück. Hat sie wirklich gerade *mit ein paar Leuten* gesagt? Plural? Wieso?

In dieser Sekunde poltert Brendan in die Küche und lenkt sie ab. Er hat Sportklamotten an und nickt ihr beiläufig zu, bevor er den Kühlschrank aufreißt und eine Packung Multivitaminsaft aus dem Türfach nimmt.

„Dann stör ich wohl?“, fragt Jonas.

„Was? Nee, gar nicht!“ Carlotta schaut fasziniert zu, wie Brendan einen halben Liter Saft in sich hineinschüttet ohne ein einziges Mal abzusetzen. Sein Adamsapfel hüpft bei jedem Schluck rauf und runter. Carlotta muss sich auf die Unterlippe beißen, um nicht loszuprusten.

„Ciao“, sagt Brendan. Er faltet die leere Packung zusammen, wirft sie in den Mülleimer, nimmt eine Banane aus dem Obstkorb und verschwindet wieder.

„Tschüss“, antwortet Carlotta und versucht sich

wieder auf das Gespräch mit Jonas zu konzentrieren. Das ist gar nicht so einfach, weil Niko um sie herumwuselt und plötzlich anfängt die kümmerlichen Grünpflanzen auf der Fensterbank zu gießen. Carlotta runzelt die Stirn.

„Hey, bist du noch dran?“, bringt Jonas sich in Erinnerung.

„Wie? Ja, klar! Was machst du heute Abend?“, fragt Carlotta.

„Ich hab noch Hausarrest. Ich werde wohl was für die Schule machen.“

„Hausarrest? Davon hast du gar nichts erzählt!“

Jonas seufzt. „Ich dachte, das versteht sich von selbst, wenn man meinen Vater kennt.“

Carlotta muss lachen. Klar kennt sie Herrn Blum. Schließlich ist Jonas’ Vater Hausmeister im Internat. Dass er seinen Sohn mit so altmodischen Erziehungsmethoden drangsaliert, hätte sie allerdings nicht gedacht.

„Du Armer!“

„Genau“, sagt Jonas. „Du kannst ruhig mal ein bisschen Mitleid mit mir haben.“

„Hab ich“, versichert Carlotta. „Hoffentlich darfst du übernächstes Wochenende wieder in die Freiheit.“

„Wieso?“

„Da ist unser *Weekend of the Poems*. Ich würde mich freuen, wenn du kommst."

„Vielleicht hat er ja auch Lust mitzumachen", mischt Niko sich ein. Er stellt die Gießkanne ab. Das Teewasser kocht.

Carlotta hebt eine Augenbraue. Hat Niko etwa die ganze Zeit gelauscht? Sie wirft ihm einen grimmigen Blick zu. Er kichert leise.

„Du, ich muss Schluss machen", sagt Carlotta zu Jonas. „Wir telefonieren morgen, okay? Überleg's dir mit dem Slam!"

„Mach ich", verspricht Jonas.

Sie verabschieden sich. Carlotta legt auf und schiebt ihr Handy auf den Tisch.

„Möchtest du noch Tee?", fragt Niko und hält ihr die dampfende Kanne vor die Nase.

„Nein, danke. Ich hab noch." Carlotta zeigt auf ihren Becher. „Wo waren wir stehengeblieben?"

„Bei Jonas", sagt Niko und setzt sich hin. „Seid ihr jetzt richtig zusammen?"

„Wie meinst du das?", fragt Carlotta.

„Beziehung, Liebe, Partnerschaft, Kribbeln im Bauch, Kopf in den Wolken. Das ganze Drama", zählt Niko auf und mustert Carlotta neugierig.

Die zögert mit ihrer Antwort. Wieso interessiert Niko sich plötzlich für ihr Liebesleben? Und was meint er mit *Drama*?

„Mhm“, macht sie. „Ich glaub schon.“

„Fein. Freut mich für dich“, meint Niko und reibt sich die Hände. Er versenkt die Nase in seinem Teebecher und klappt mit einer Hand seinen Laptop auf.

Weil Carlotta nicht weiß, was sie sagen soll, schiebt sie sich noch einen Keks zwischen die Zähne.

„Wir waren bei den Fotomotiven stehengeblieben“, sagt sie nach einer ganzen Weile, während Niko auf der Tastatur herumhackt, als hätte er ihre Anwesenheit vergessen. „Den temporeichen Großstadtaufnahmen als Hintergrund für den Slam.“

„Ach ja, richtig!“ Niko schaut auf. „Mal sehen. Was hältst du von Gebäuden, Wänden, Dachlandschaften?“

Er dreht seinen Laptop herum, damit Carlotta einen Blick auf den Monitor werfen kann.

„Nicht schlecht“, sagt sie und betrachtet die Fotoserie, die Niko als Diashow abspielen lässt. „Aber es ist nicht das, was ich mir vorstelle. Ich will etwas Wilddramatisches machen. Irgendwas aus der Natur. Etwas Abstraktes, Künstlerisches. Verstehst du?“

„Sicher.“ Niko wirft ihr einen langen Blick zu. „Du machst das schon. Kein Zweifel.“

Carlotta nimmt sich noch einen Keks und nickt.

Als sie später wieder in ihrem Zimmer ist, ist es draußen schon fast dunkel. Sie stellt sich an das geöffnete Fenster und blickt hinaus. Am anderen Ende des Sees sind die letzten zarten Streifen des Sonnenuntergangs zu erkennen. Lila, orange, grau, violett … Ein ganzes Spektrum von Farben. Sie sehen aus wie mit einem Pinsel hingehaucht.

Carlotta ist von dem Anblick gefesselt und fasziniert zugleich. Sie holt ihre Kamera und macht schnell ein paar Aufnahmen, bevor die Farben ganz verblassen. Als sie sich die Bilder auf dem Display ansieht, klopft ihr Herz schneller.

„Ich glaub, ich hab mein Motiv“, murmelt sie.

Sie fühlt sich wie elektrisiert. Hellwach und voller Energie.

Blitzschnell fährt sie ihr Notebook hoch und öffnet eine Datei. Eine Zeit lang hat sie ständig Sonnenauf- und -untergänge fotografiert. Nicht nur im Internat, sondern auch zu Hause bei ihren Eltern und in den Ferien. Wenn sie sich recht erinnert, könnten vielleicht ein paar brauchbare Aufnahmen darunter sein.

Sie hockt sich auf Kante ihres Schreibtischstuhls und geht die Bilder eins nach dem anderen durch. Ja, es sind wirklich tolle Fotos dabei. Strahlende Farbe, verwischte Konturen. Bilder wie aus dem Tuschkasten. Verwaschen, verlaufen und verschwommen. Wenn sie es schafft, bis zum Slam noch eine neue Serie zu schießen, hätte sie genug Material für den perfekten Hintergrund. Wild, dramatisch, spektakulär. Genau so, wie sie es sich vorstellt. Sie muss die Farben nur noch mehr zum Leuchten bringen. Vielleicht ein bisschen verfremden, damit man nicht mehr erkennt, was es eigentlich ist.

„Abstrakte Natur mit Einflüssen von Picasso", sagt sie und grinst. „Und dazu Jonas' Hardrock im Hintergrund. Yes! Das ist es!"

Am nächsten Morgen klingelt Carlottas Handywecker früher als sonst. Es ist fast noch Nacht. Bevor sie schlafen gegangen ist, hat sie gegoogelt, wann in den nächsten Tagen Sonnenauf- und -untergang ist. Sie braucht ein paar Sekunden, um zu sich zu kommen, doch dann ist sie schlagartig munter.

Sie springt aus dem Bett und schnappt sich Kamera und Stativ. Beides hat sie gestern schon bereitgestellt. Ein Blick auf das Handydisplay verrät ihr, dass es kurz nach halb sechs ist. In einer Viertelstunde wird die Sonne aufgehen. Perfekt!

Sie steigt in ihre Chucks und schlüpft lautlos aus dem Zimmer.

Im Haus ist es still. Irgendwo tickt eine Uhr. Die Treppe knarzt unter ihren Schritten. Carlotta bleibt stehen und hält die Luft an, dann schleicht sie weiter. Kurz darauf huscht sie im Schlafanzug über das taufeuchte Gras in Richtung See.

Ein erster, hellgrauer Lichtschimmer kündigt den beginnenden Sonnenaufgang an. Über dem Wasser liegt leichter Dunst. Die Luft ist kühl. Carlotta zieht fröstelnd die Schultern hoch.

Am Ufer angekommen baut sie das Stativ auf und stellt anschließend die Kamera ein. Sie hat in der Foto-AG viel gelernt und weiß genau, was zu tun ist – auch wenn sie mit der Langzeitbelichtung, die sie anwenden möchte, nicht sehr vertraut ist.

Sie wechselt zu einer kleineren Blende. Ihr Objektiv hat einen Graufilter. Das Licht ist genau richtig. Sie stellt das dreibeinige Stativ auf einen Stein und schraubt die Kamera in das Gewinde. Dann schaltet sie den Fotoapparat ein. Mit einem Auge schaut sie durch den Sucher, stellt eine lange Belichtungszeit ein und wählt anschließend die Funktion „Serienaufnahme“. Viel mehr muss sie gar nicht tun. Nur noch abwarten und den richtigen Zeitpunkt abpassen.

Sie reibt sich die Hände, um sie zu wärmen, und gähnt. Den Gedanken an ihr kuscheliges Bett und einen großen Becher warmen Kakao versucht sie zu verdrängen.

Ganz langsam verändert der Horizont seine Farbe. Er wird zuerst blutrot. Dann orange, violett, zartrosa, hellgelb.

Carlotta betätigt den Auslöser. Als im Schilf ein Vogel auffliegt, zuckt sie erschrocken zusammen.

Fasziniert beobachtet sie das Farbenspiel über dem See. Die Kamera gibt gleichmäßige, leise Geräusche von sich. Carlotta blickt durch den Sucher und nickt. Wenn sie alles richtig gemacht hat, hat sich das frühe Aufstehen gelohnt. Dann zeigen die Bilder keine kurzen Momentaufnahmen, sondern bilden den Sonnenaufgang in seiner ganzen Länge ab. Die Bewegungen des Himmels sollen dabei verwischt aussehen. Fast so, als würden sie in der Zeit zerfließen.

Nach zwanzig Minuten hat sie genug Material, um es am PC weiterbearbeiten zu können. Sie stoppt die Aufnahme, schaltet die Kamera aus und klappt das Stativ zusammen. Zufrieden mit sich und dem herrlichen Morgen stapft sie zum Oberstufenhaus zurück.

Sie will gerade durch die Haustür schlüpfen, als diese von innen aufgerissen wird.

Carlotta schreit erschrocken auf.

„Himmel noch mal!“, blafft Manu sie an. „Seit wann schlafwandelst du?“

„Seit wann stehst du so früh auf?“, knurrt Carlotta zurück. Sie versucht ihren Puls zu normalisieren.

„Seit ich im Stall arbeite. Und du?“

„Seit ich Sonnenaufgänge fotografiere. Also seit heute.“

Sie gucken sich an und kichern.

Manu lässt Carlotta ins Haus.

„Schicker Schlafanzug übrigens“, sagt sie und stapft winkend davon. „Ich bin spät dran. Bis nachher!“

„Bis dann!“ Carlotta wartet, bis Manu in der Allee

verschwunden ist, dann dreht sie sich um und verschwindet in dem langen Flur. Vielleicht kann sie noch ein bisschen schlafen, bevor ihr Wecker an diesem Morgen zum zweiten Mal klingelt.

Als sie eine Stunde später beim Frühstück sitzt, trinkt sie Milchkaffee statt Kakao, um ihre Lebensgeister zu wecken. Julian zwinkert ihr belustigt zu.

„It's been a hard day's night", singt er. „I should be sleeping like a log."

„Like a log? Was heißt das?", fragt Carlotta.

„Tief und fest schlafen wie ein Murmeltier", übersetzt Julian.

„Schön wär's!" Carlotta unterdrückt ein Gähnen.

Julian nippt an seinem Tee und bestreicht eine Scheibe Toast mit Orangenmarmelade.

Carlotta beißt in ein Käsebrötchen.

Am Nebentisch sitzen Brendan und seine Freunde. Von Niko ist weit und breit nichts zu sehen.Vielleicht muss er erst später aufstehen, denkt Carlotta.

Nach dem Frühstück trottet sie müde neben Julian her zur Bushaltestelle. Die Barbies stehen im Wartehäuschen und schnattern miteinander, als hätten sie sich tagelang nicht gesehen. Carlotta wirft ihnen einen kurzen Gruß zu. Gleichzeitig fragt sie sich, wie man um diese Uhrzeit schon so viel reden kann. Normal ist das irgendwie nicht.

„Guten Morgen, Frau Prinz!“, wird sie von Herrn Brauer begrüßt, als sie auf die Minute pünktlich im Laden steht.

Frau Prinz? Carlotta braucht eine Sekunde, um zu kapieren, dass sie gemeint ist.

„Guten Morgen, Herr Brauer“, antwortet sie förmlich. Die wenigen Male, die sie den Besitzer des Fotogeschäfts bisher gesehen hat, fand sie ihn ganz sympathisch. Ein bisschen blass und durchschnittlich vielleicht, aber nett. Heute scheint er vor Unternehmungslust regelrecht zu sprühen.

Beneidenswert, denkt Carlotta und verkneift sich mit Mühe ein herzhaftes Gähnen.

„Bei mir stehen heute zwei Außenaufträge auf dem Programm. Frau Weinreich hat mir erzählt, dass Sie gerne auch einmal praktisch arbeiten möchten. Haben Sie vielleicht Lust mich zu begleiten?", fragt Herr Brauer.

Carlotta nickt überrascht. „Sehr gerne!"

„Wir können sofort los", sagt Herr Brauer lächelnd. „Die Ausrüstung ist schon im Wagen."

Zwei Minuten später findet sich Carlotta auf dem Beifahrersitz eines Kombis wieder. FOTOPROFI BRAUER – FÜR SIE UNTERWEGS!, steht in leuchtend roten Druckbuchstaben auf den Seitentüren. Sie schnallt sich an und lehnt sich zurück. Hoffentlich schläft sie auf der Fahrt nicht ein.

Herr Brauer lenkt das Auto vom Parkplatz und reiht sich in den Verkehr ein.

„Was für Aufträge sind es denn, zu denen wir fahren?", fragt Carlotta interessiert.

„Eine Gärtnerei möchte Außenaufnahmen für einen Werbeprospekt machen lassen und das Gestüt Eulenhof braucht neue Fotos für seine Homepage."

„Gestüt Eulenhof? Ist das nicht das große Trabergestüt in der Nähe von Prinzensee?"

Herr Brauer nickt.

„Das ist ja lustig! Da macht eine Freundin von mir gerade Praktikum."

„So ein Zufall!" Herr Brauer gibt Gas.

Während sie Bieneburg verlassen und über die Landstraßen rollen, erkundigt er sich nach Carlottas Zukunftsplänen.

Sie erzählt ihm, dass sie später als Fotografin arbeiten möchte. „Am liebsten freiberuflich für Magazine“, ergänzt sie. „Mein Vater ist Dokumentarfilmer. Er ist unheimlich viel unterwegs. Ich möchte auch gerne reisen.“

„So, so.“ Herr Brauer lässt offen, ob er es positiv oder negativ meint. Seine Miene ist undurchdringlich.

Carlotta wird das Gefühl nicht los, dass er ihre Zukunftspläne nicht ganz ernst nimmt. Wahrscheinlich denkt er, sie hat nur Flausen im Kopf und von Fotografie keine Ahnung.

Sie schaut aus dem Fenster und schiebt die Unterlippe vor.

Ich werde garantiert nicht in einem verstaubten Laden enden und für den Rest meines Lebens Fotoalben sortieren, denkt sie grimmig. Ich zieh mein Ding durch!

Als Herr Brauer den Blinker setzt, schaut sie wieder geradeaus. TRABERGESTÜT EULENHOF – *Unbefugten ist der Zutritt untersagt!*, steht auf einem Holzschild. Es klingt nicht sehr einladend.

Sie folgen der breiten, baumbestandenen Zufahrt

und halten vor einem Herrenhaus, das links und rechts von flachen, lang gestreckten Stallungen eingerahmt ist. Ein wenig zurückgesetzt ist das Dach einer Reithalle zu erkennen. Irgendwo wiehert ein Pferd. Ein Hund bellt. Die ganze Anlage wirkt picobello sauber und aufgeräumt. Die Bäume sind gestutzt, der Kies ist frisch geharkt und von jeglichem Unkraut befreit. Kein Wunder, dass Manu bei ihrem ersten Besuch eingeschüchtert war.

Sie steigen aus und werden von einem Mann in Reithosen begrüßt, der aus einer Stalltür getreten ist. Herr Brauer und er scheinen sich zu kennen. Carlotta wird nur kurz als Praktikantin vorgestellt und anschließend nicht weiter beachtet. Sie schaut sich um. Wo Manu wohl steckt?

Leider hat sie keine Gelegenheit nach ihr zu forschen. Herr Brauer scheint es plötzlich eilig zu haben. Nachdem er die Heckklappe seines Wagens geöffnet hat, belädt er sich selbst und Carlotta mit schweren Taschen, Stativen und sperrigen Aluminiumkoffern. Carlotta geht unter der Last fast in die Knie.

„Wir machen zuerst die Außenaufnahmen", ordnet Herr Brauer an. „Anschließend geht's in den Stall."

Sie verbringen fast den ganzen Vormittag auf dem Gestüt. Weil der Tag bewölkt und windig ist und das Licht ständig wechselt, nehmen die Außenaufnahmen einige Zeit in Anspruch. Carlotta muss mit einem speziellen Gerät die Lichtwerte messen, Stative aufbauen und wieder zusammenklappen, ihrem Chef Objektive und Kameras reichen und mit einem Läppchen unzählige Linsen polieren. Sie hat so viel zu tun, dass ihre Müdigkeit schon bald verflogen ist.

Herr Brauer arbeitet konzentriert und schweigend. Carlotta traut sich kaum ihm zwischendurch Fragen zu stellen. Wenn sie es doch tut, antwortet er kurz angebunden.

Als sie schließlich in den Stall wechseln, um die Innenaufnahmen zu machen, hört Carlotta Schritte und eine vertraute Stimme.

„Hey, was machst du denn hier?“

„Hi, Manu!“ Carlotta grinst. „Ich helfe Herrn Brauer.“

Der Fotograf nickt Manu zerstreut zu und scheucht Carlotta energisch weiter.

„Wir sehen uns später!“, kann Carlotta gerade noch rufen.

Manu steht in der Stallgasse, beide Hände in die Hüften gestemmt, und schüttelt verwirrt den Kopf.

Am Abend kehrt Carlotta in ihr Zimmer zurück. Sie steigt aus ihren Klamotten. Sie riechen eindeutig nach Pferd und Stall.

Carlotta rümpft die Nase. Sie schlüpft schnell unter die Dusche und lässt sich das warme Wasser auf den Kopf prasseln. Dabei lässt sie den Tag noch einmal in Gedanken an sich vorüberziehen.

Die Arbeit mit Herrn Brauer war interessant, hektisch und auch ein bisschen desillusionierend. Kann es sein, dass sie bisher ein ganz falsches Bild von der Arbeit eines Fotografen hatte? Besteht seine Hauptaufgabe tatsächlich darin, immer die gleichen Aufträge zu übernehmen und sich abzuhetzen? Wo bleibt denn da die Kunst? Die Kreativität?

Sie trocknet sich ab, zieht ein weites T-Shirt und eine bequeme Jogginghose an und setzt sich an ihr Notebook. Sie spürt das dringende Bedürfnis, Katie ihr Herz auszuschütten.

Mit fliegenden Fingern schreibt sie eine Mail an die Freundin und schildert die vergangenen Tage und ihre Enttäuschung.

Hi Katie,
ich glaub, ich war noch nie in meinem Leben so frustriert! (Außer vielleicht, als ich ins Internat musste. Aber das zählt nicht.) Am besten versenke ich meine Kamera im See und werfe mich und meinen Traumberuf gleich hinterher. Wie konnte ich nur so naiv sein?
Ich will Reportagen machen! In der Welt herumreisen, interessante Menschen fotografieren, spannende Ereignisse, Bauwerke, Tiere, die Natur. Aber doch keine blöden Häuser, Blumentöpfe und grinsende Brautpaare!
Hilfe! Was soll ich tun?? LG
Carlotta, schwer in Not ☹

Katies Antwort lässt nicht lange auf sich warten:

Spinnst Du total, Carotti?? Du lässt dir von so einem Kleinstadtprovinzknipser doch nicht Deinen Traumberuf vermiesen!

Du machst so tolle Fotos! Du hast echt Talent!
Denk doch mal an Deine Ausstellung im Gewächshaus. Alle waren total begeistert. Wenn Du Deine Kamera in den See schmeißt, komm ich persönlich vorbei und hol sie wieder raus. Ich schwör's!
So ein blödes Schulpraktikum sagt doch überhaupt nichts aus! Oder doch: Wenigstens weißt Du jetzt, dass Du nicht in einem Fotoladen arbeiten willst. Hat also doch was gebracht. *grins*
Keep on knipsing, babe!
Immer-die-Deine Katie

Carlotta muss grinsen. Katie hat noch nie ein Blatt vor den Mund genommen. Kleinstadtprovinzknipser … Das Wort muss sie sich unbedingt merken!

Sie schreibt eine einzige Zeile zurück:

Danke fürs Kopfgeraderücken!

Katies Antwort lautet:

Immer wieder gerne!
Dafür sind Freundinnen da. ☺

Lächelnd schließt Carlotta das Mailprogramm. Sie greift nach ihrem Fotoapparat und zieht die Speicherkarte heraus. Nachdem sie die Karte in das Steckfach geschoben hat, klickt sie die Datei mit den Aufnahmen des Sonnenaufgangs an und öffnet sie in ihrem Bildbearbeitungsprogramm.

Als die ersten Bilder auf dem Bildschirm auftauchen, hält sie den Atem an. Auf dem Monitor wirken die Farben noch viel intensiver als auf dem kleinen Kameradisplay.

„Katie hat Recht", sagt sie laut. „Ich mach wirklich tolle Fotos und Talent hab ich auch! Ich werde ganz bestimmt nicht als Kleinstadtprovinzknipserin enden, sondern etwas aus meiner Begabung machen. So wahr ich Carlotta Prinz heiße!"

Glücklich betrachtet sie die Fotos, eins nach dem anderen, und probiert verschiedene Effekte aus. Wenn die Bilder schon jetzt im kleinen Format so klasse aussehen, wie werden sie dann erst auf einer großen Leinwand wirken? Carlotta verschränkt die Hände im Nacken und wirft einen Blick auf den Kalender. Der *Midnight-Poem-Slam* rückt immer näher. Sie kann es kaum noch erwarten, ihre Bilder einem großen Publikum zu präsentieren. Die werden Augen machen!

Skies on Fire

Carlotta schleppt sich durch die nächsten Tage. Der Ausflug mit Herrn Brauer war eine einmalige Angelegenheit. Kaum war sie zurück im Laden, wurde sie auch schon wieder dazu verdonnert Lieferungen zu prüfen, Ware auszupacken und einzusortieren und Passfotos zu kontrollieren. Aber es stört sie nicht. Mit ihren Gedanken ist sie sowieso ganz woanders.

Wenn sie am Abend ins Internat kommt, setzt sie sich sofort an ihr Notebook und bereitet die Performance für das Slam-Wochenende vor. Sie konnte noch einige spektakuläre Sonnenuntergänge fotografieren und einen passenden Namen für die Installation hat sie auch gefunden: *Skies on Fire* – Himmel in Flammen.

Jonas hat sie auf die Idee gebracht. Auf der CD, die

er ihr geschenkt hat, ist ein Song, der so heißt. Er passt perfekt zu den Fotos.

Carlotta will ihre Aufnahmen mit Musik unterlegen und ein cooles Intro für den Slam zusammenstellen. Während der Veranstaltung plant sie ihre Bilder direkt an die Kellerwand hinter der Bühne zu projizieren. Niko hat ihr vorgeschlagen ganz auf eine Leinwand zu verzichten.

Nachdem Carlotta getestet hat, wie ihre Feuerbilder an der unverputzten Mauer wirken, musste sie ihm Recht geben. Ihre Bilder brauchen keine Leinwand. Im Gegenteil, das raue, abgeblätterte Mauerwerk in der Gruft bringt die Aufnahmen erst richtig zur Geltung.

Sie wünschte, ihre Eltern könnten sich unter das Publikum mischen. Und Herr Brauer auch, damit er mal sieht, was man aus Fotografie, Fantasie und Kreativität alles machen kann! Leider ist der Slam nicht öffentlich. Das Publikum wird nur aus Mitschülern und Lehrern bestehen. Aber die werden begeistert sein, da ist sich Carlotta sicher.

Jonas bekommt sie in diesen Tagen kaum zu Gesicht. Sein Hausarrest wurde zwar gelockert, doch wenn sie sich treffen, wirkt er trotzdem bedrückt. Carlotta hat das Gefühl, als würde der Unfall immer noch zwischen ihnen stehen, obwohl inzwischen so viel Zeit vergangen ist.

Irgendwie hat Jonas sich verändert. Er ist ruhiger geworden. Sorgenvoller und nachdenklicher. Die Anzeige und die bevorstehende Gerichtsverhandlung scheinen wie dunkle Wolken über ihm zu hängen. Carlotta würde ihn wirklich gerne trösten und aufmuntern, aber sie weiß nicht wie.

Niko hat ihr erzählt, dass Jonas und sein Freund vermutlich Sozialstunden aufgebrummt bekommen werden, die sie in einer sozialen Einrichtung ableisten müssen. „Er wird's überleben", hat er gemeint und gegrinst.

Carlotta findet das nicht besonders lustig. Auch wenn die Aussicht, dass die Strafe vergleichsweise milde ausfallen dürfte, sie etwas beruhigt. Aber wer weiß, wie der Richter tickt. Vielleicht will er ein Exempel statuieren und verhängt doch eine strengere Strafe? Bis zur Verhandlung können noch Monate vergehen!

Frau Heselein hält sie über alles auf dem Laufenden.

„Es ist möglich, dass das Strafmaß am Schreibtisch festgelegt wird und Jonas um eine Verhandlung herumkommt", hat sie erst neulich gemeint.

Carlotta ist wirklich froh, dass sie genügend Ablenkung hat, um nicht ständig daran denken zu müssen.

Am letzten Tag ihres Praktikums spendiert Frau Weinreich selbst gebackenen Kuchen. Herr Brauer überreicht Carlotta eine wasserdichte Einwegkamera in einem Geschenkkarton. Sie muss sich zu einem Lächeln zwingen. Der Fotoprofi scheint sie tatsächlich für eine Hobbyknipserin zu halten.

Sie beschließt die Kamera bei der nächsten Gelegenheit ihren Zwillingsbrüdern zu schenken. Bestimmt freuen die beiden sich mehr darüber als sie.

Sie bedankt sich höflich.

Pünktlich zum Ladenschluss um 18 Uhr ist das Praktikum beendet. Carlotta verabschiedet sich von Frau Weinreich und Herrn Brauer und dankt den beiden noch einmal für alles. Dann versenkt sie die Einwegkamera in ihrem Rucksack und verlässt den Laden. Das Glöckchen über der Eingangstür bimmelt genauso beschwingt, wie sie sich fühlt.

Freiheit, yeah!, denkt Carlotta und würde am liebsten laut jubeln.

Sie unterdrückt den Jubelschrei und läuft zum ZOB, wo Julian schon auf sie wartet. Im Gegensatz zu ihr ist er todtraurig, dass das Praktikum schon zu Ende ist. Der Inhaber des schicken Herrenausstattergeschäfts hat ihm zum Abschied sogar einen Ausbildungsplatz in Aussicht gestellt.

„Ich werde darüber nachdenken“, sagt Julian, als er in den Bus steigt.

„Mach das!“, nickt Carlotta.

Sie überlegt, wie sie reagiert hätte, wenn Herr Brauer ihr eine Ausbildung in seinem Geschäft angeboten hätte. Zum Glück hat er es nicht getan. Sie hätte ohne zu zögern abgelehnt. Dabei war das Praktikum nicht nur langweilig; es war durchaus auch interessant und lehrreich. Manches war sogar spannend. Ihre kreative Zukunft liegt aber trotzdem eindeutig woanders, das steht fest.

Sie lächelt, als der Bus losfährt.

Während Julian von edlen Anzügen und Stoffen schwärmt und in Zukunftsplänen schwelgt, kann sie es kaum erwarten ins Internat zu kommen. Heute ist Freitag. Um acht will sich das Organisationsteam des *Weekend of the Poems* zu einer letzten Besprechung treffen. Sie wird ihre Installation aufbauen und einen Probedurchlauf starten. Hoffentlich geht alles gut!

Kaum hält der Bus an der Allee, springt sie durch die geöffnete Tür ins Freie. Sie winkt Julian zu.

„Bye!“, ruft sie ihm noch zu und läuft schon voraus.

Vor dem Eingang zum Oberstufenhaus trifft sie Manu.

„Hey, Carlotta! Willst du mal mein neuestes Werk hören?“, fragt Manu. Ihre roten Locken sind ganz verstrubbelt. „Ich muss nur noch an der Silbenzahl arbeiten.“

Carlotta bleibt stehen. „Ich hab’s ziemlich eilig, ehrlich gesagt. Aber schieß los!“

„Go, Veggie!“, rappt Manu los. „Coole Tage ohne Fleisch. Alle haben’s überlebt.“

„Ist das dein Ernst?“, fragt Carlotta und starrt sie an.

„Genial, oder?“ Manu grinst wie ein Honigkuchenpferd.

„Äh …, ja, ziemlich“, antwortet Carlotta ausweichend. Sie hatte in der letzten Zeit so viel um die Ohren, dass sie kaum etwas von den Umwelt- und Tierschutzaktionen im Schloss mitbekommen hat. Eigentlich schade.

„Wie ist die *Green Week* denn überhaupt angekommen?“

„Superst!“, strahlt Manu. „Den meisten hat’s echt

gut geschmeckt. Der Spargel konnte einen deutlichen Leistungszuwachs feststellen. Und der Klimabilanz unserer Schule hat es auch gutgetan. Wir werden alles noch ganz genau auswerten und die Ergebnisse dann bekannt geben. Auf jeden Fall soll die Aktion irgendwann wiederholt werden."

„Cool", freut sich Carlotta. „Sorry, ich muss echt weiter. Wir sehen uns!"

„Yo, Schwester", brummt Manu. Sie hat Julian entdeckt und läuft ihm entgegen. „Hi, Juli! Willst du mal mein neuestes Haiku hören?"

Carlotta schlüpft grinsend ins Haus.

„Zieh die Bilder ein bisschen höher!", ruft Niko Carlotta wenig später zu. Sie steht auf einem Podest im hinteren Bereich des Kellers und beugt sich über den Beamer, der mit ihrem Notebook verkabelt ist. Nachdem sie die Einstellungen geändert hat, hebt Niko seinen Daumen. Carlotta macht sich eine Notiz.

„Deine Projektionen sind super!" Ein kurzhaariges Mädchen ist wie aus dem Nichts vor ihr aufgetaucht.

„Danke, Cilli", antwortet Carlotta zerstreut. „Nett vor dir."

Es läuft noch lange nicht alles so, wie sie es sich vorgestellt hat. Zuerst fehlte der Projektor, dann ein Verbindungskabel. Zuerst waren die Fotos zu klein, dann zu groß. Jetzt sind sie genau richtig, aber weder die Scheinwerfer funktionieren noch die Mikrofonanlage. Es ist zum Haareraufen!

„Wir brauchen den Hausmeister!", ruft jemand.

„Quatsch!", ruft Niko zurück.

Carlotta zieht ihr Handy aus der Hosentasche und tippt Jonas' Kurzwahlnummer ein.

Es dauert eine Weile, bis er sich meldet.

„Hey", sagt Carlotta. „Stör ich?"

„Nö. Was geht?"

„So gut wie gar nichts! Wir sind in der Gruft und bauen für morgen alles auf, aber irgendwie haut es nicht hin."

„Soll ich kommen?", fragt Jonas

Carlotta nickt. „Ja, das wär cool. Kannst du auch deine Musik mitbringen? Ich hab meine CD auf dem Schreibtisch liegen lassen und kann hier nicht weg."

„Kein Problem", sagt Jonas. „Ich bin in zwei Minuten da."

„Danke“, sagt Carlotta erleichtert, aber Jonas hat schon aufgelegt.

„Jonas kommt gleich!“, ruft sie den anderen zu.

Niko runzelt die Stirn.

„Er kennt sich mit Technik aus“, erklärt Carlotta. „Und er hat jede Menge AC/DC-Songs. Die brauch ich unbedingt!“

Niko grinst.

Carlotta grinst zurück.

Für einen winzigen Augenblick scheint alles um sie herum ausgeblendet zu sein. Die Mitschüler, die Hektik, die Probleme, einfach alles. Dann taucht Jonas auf – in deutlich weniger als zwei Minuten. Er ist so außer Atem, als hätte er die Strecke vom Hausmeisterhaus in die Kellergewölbe des Schlosses im Sprint zurückgelegt. Er reicht ihr einen Speicherstick. „Da ist alles drauf, was du brauchst. *Skies on Fire* ist das dritte Stück.“

Carlotta bedankt sich lächelnd. „Kannst du den Jungs vielleicht bei der Beleuchtung helfen? Am Mikro hakt es auch irgendwie.“

„Null Problemo!“ Jonas zwinkert ihr zu, bevor er nach vorne zur Bühne geht.

„Nicht verzagen, Jonas fragen!“, hört Carlotta ihn rufen. Grinsend installiert sie den Speicherstick und klickt das entsprechende Musikstück an. Kurz darauf startet sie ihr Intro. Die Wand hinter der Bühne steht urplötzlich in Flammen. Jedenfalls sieht es so aus. Wie ein Höllenfeuer.

In der Gruft verstummen die Gespräche. Alle Blicke wenden sich dem Lichtspektakel zu, als der erste dramatische Sonnenaufgang im Zeitraffer über die Wand fegt. Gleichzeitig setzt die Musik ein. Laut, dröhnend, hart und wild. Carlotta läuft ein Schauer über den Rücken.

„Perfekt", murmelt sie.

Das Intro läuft drei Minuten und 31 Sekunden – genauso lange wie das Musikstück dauert. Sie stoppt die Zeit und nickt. Als der letzte Ton verklungen ist, wird geklatscht und gejohlt.

„Hammer!", ruft Niko.

Jonas pfeift auf zwei Fingern.

Carlotta winkt ihnen zu. Ihr Herz klopft wie verrückt.

„Okay", sagt sie zufrieden. „Generalprobe geglückt."

Im Anschluss an das Intro lässt sie ihre Diashow für den Slam noch ein letztes Mal durchlaufen. Verschwommene Farben und leuchtende Effekte wechseln sich ab. Die Jungs haben inzwischen den Fehler an der Mikrofonanlage gefunden und behoben. Cilli stellt sich auf die Bühne, schnappt sich das Mikro und slamt ein paar Zeilen aus dem Stegreif.

Jonas stellt die Beleuchtung an und richtet die Scheinwerfer aus. Dann springt er zu Carlotta auf das kleine Podest und gibt ihr einen Kuss.

„Die hört sich an wie die kleine Schwester von Eminem", sagt er und deutet mit dem Kinn in Cillis Richtung.

„Sie benimmt sich manchmal auch so", erwidert Carlotta trocken.

„Hey, ohne dich hätten wir das echt nicht hingekriegt", meint Niko. Er ist Jonas gefolgt und wirft ihm einen anerkennenden Blick zu. „Hast du morgen Abend schon was vor? Wir können einen guten Bühnentechniker brauchen."

„Ich bin dabei!", sagt Jonas.

Carlotta lächelt.

Als sie später in ihrem Bett liegt, lässt sie den Abend Revue passieren. Das Grinsen, das sich seit der geglückten Generalprobe auf ihrem Gesicht breitgemacht hat, will gar nicht mehr weichen. Dabei sollte bei einer Generalprobe doch eigentlich alles schiefgehen, oder? Ob es vielleicht ein schlechtes Zeichen ist, dass ihre Installation vorhin so gut angekommen ist? Bedeutet das womöglich, dass sie dafür morgen, am alles entscheidenden Abend, patzt?

„Blödsinn!“, brummelt sie und spürt schon wieder dieses Kribbeln überall. Es fühlt sich an, als würde sie komplett unter Strom stehen.

„Das ist das Lampenfieber“, hat Niko gesagt, als sie sich nach der Probe verabschiedet haben. „Das gehört dazu.“

Es ist mir egal, was es ist, denkt Carlotta. Ich will nur, dass es noch ein bisschen länger anhält!

An manchen Tagen, die sie im Fotogeschäft von Herrn Brauer verbracht hat, hat sie sich wie eine verdurstende Zimmerpflanze gefühlt. Total leblos und ohne Energie. Jetzt fühlt sie sich lebendig. Und sie weiß genau, woran das liegt: An ihren Fotos. Daran, dass sie genau das machen darf, was ihr liegt. Und daran, dass sie frei darüber entscheiden kann.

Die Installation in der Gruft ist ihr eigenes Ding. Sie hat die Fotos aufgenommen und wird sie morgen einem Publikum präsentieren. So ähnlich müssen sich berühmte Künstler fühlen, überlegt Carlotta. Natürlich ist sie selbst noch meilenweit davon entfernt eine richtige Künstlerin zu sein. Aber vielleicht ist sie auf dem besten Weg irgendwann mal eine zu werden. Wer weiß.

Jonas hat gesagt, dass er stolz auf sie ist. Elena hat sie gelobt. Cilli wollte sogar ein Autogramm von ihr. Und Niko? Niko hat sie so angeschaut, als hätte er schon immer genau gewusst, was in ihr steckt.

Carlotta streckt die Arme aus. Am liebsten würde sie die ganze Welt umarmen. Wenn doch nur erst morgen wäre!

Weil sie nicht einschlafen kann und zum Lesen viel zu aufgedreht ist, springt sie aus dem Bett und tappt ans Fenster. Am Himmel über dem See steht ein blasser Halbmond. Ein Käuzchen ruft. Die hohen Bäume wiegen sich im Nachtwind sanft hin und her.

Carlotta gähnt. Sie hat keine Ahnung, wie spät es ist. Bestimmt schon nach Mitternacht. Sie sollte unbedingt versuchen ein bisschen zu schlafen.

Plötzlich nimmt sie im Garten eine Bewegung wahr. Zwischen den Büschen zeichnet sich ein Schemen ab. Kurz darauf erklingt eine unterdrückte Stimme.

Carlotta öffnet das Fenster. Sie beugt sich hinaus und lauscht mit angehaltenem Atem.

„Im Mondschein,
ich gehe herum,
allein in der Nacht,
doch nicht einsam“,
hört sie die Stimme sagen.

„Manu!“, zischt Carlotta leise. „Bist du das?“

Der Schatten hält mitten in der Bewegung inne. Blätter rascheln.

„Hä?“

Ja, es ist unverkennbar Manu. Carlotta unterdrückt ein Kichern.

„Ich bin’s, Carlotta!“, ruft sie leise. „Was machst du da draußen?“

„Ich übe!“

„Ach so.“

„Komm doch runter, wenn du nicht schlafen kannst!“

„Mach ich. Bis gleich!“

Sie schlüpft in ihre Chucks, wirft sich eine Fleecejacke über den Schlafanzug und huscht aus dem Zimmer. Kurz darauf tastet sie sich nachtblind durch den dunklen Garten.

„Wo steckst du?“

„Hier!“ Manu raschelt mit einem Zweig.

Carlotta schleicht auf das Geräusch zu, bis sie Manu fast auf die Zehen tritt.

Manu kichert. In ihrer Hand leuchtet eine kleine Taschenlampe auf.

„Hättest du was gesagt, hätte ich dir geleuchtet."

„Hätte ich gewusst, dass du eine Taschenlampe hast …", setzt Carlotta an. Sie verstummt. Hat da nicht gerade eine Tür geknarrt? Die Härchen in ihrem Nacken richten sich auf.

Manu knipst die Taschenlampe aus.

„Wer ist da?", brummt sie mit verstellter, tiefer Stimme.

„Wer will das wissen?", fragt jemand zurück.

Niko? Carlotta beißt sich auf die Unterlippe. Leidet heute das halbe Internat unter Schlaflosigkeit? Oder will er etwa auch im Freien für seinen Auftritt proben?

Ein greller Blitz durchschneidet die Nacht.

„Niko!", faucht Carlotta in die Richtung, aus der das Blitzlicht gekommen ist. „Nimm sofort die Kamera runter!"

Niko lacht leise.

Manu lässt ihre Taschenlampe aufblinken und blendet ihm mitten ins Gesicht.

„Rache", deklamiert sie.

„Die Rache ist süß,
sagte meine Oma zum Wind
und flog davon."

„Ist das dein Beitrag für morgen? Cool. Dann hab ich den Sieg schon in der Tasche." Niko löst sich aus der Dunkelheit. „Hi", sagt er grinsend.

„Hi", antworten Carlotta und Manu im Chor.

„Was macht ihr hier?", fragt Niko.

„Den Mond bewundern", kommt es von Manu. „Und du?"

„Ich war bis eben noch in der Gruft und hab mit den Jungs die letzten Kabel verlegt." Er dehnt seinen Nacken und gähnt.

„Seid ihr fertig geworden? Hat Jonas geholfen?", fragt Carlotta neugierig.

„Yepp", macht Niko. „Beides. Und jetzt geh ich in mein Bettchen. Ich brauche meinen Schönheitsschlaf, damit ich morgen gegen diese voll krassen Haikus deiner Freundin anstinken kann."

„Vergiss es!", winkt Manu ab. „Gegen mich hast du eh keine Schnitte!"

„Ich freu mich schon auf das Battle." Niko nickt Carlotta und Manu zu. „Wir sehen uns morgen!"

Dann dreht er sich um und verschwindet im Haus.

Carlotta schiebt ihre Hände in die Jackentaschen und zieht die Schultern hoch. Neben ihr fängt Manu an zu gähnen.

„Ich geh auch schlafen", murmelt sie. „Gute Nacht. Und nicht vergessen …", sie deutet nach oben in Richtung Mond, „die Letzte macht das Licht aus!"

„Mach ich", verspricht Carlotta.

Kurz darauf ist sie allein. Sie atmet tief ein. Die Nacht ist wunderschön. Ganz kurz bereut sie es ihre Kamera nicht mitgenommen zu haben, aber sie hat keine Lust in ihr Zimmer zu gehen, um sie zu holen.

Kurz entschlossen schlägt sie den Weg zum See ein. Es ist eine sternenklare Nacht. Sie wird sich schon nicht verlaufen und an Gespenster und Vampire glaubt sie schon lange nicht mehr. Im Oberstufenhaus werden die Zimmer nicht regelmäßig kontrolliert. Niemand wird sie vermissen. Und wenn schon, heute Nacht ist sie frei.

Sie bahnt sich einen Weg durch das Dickicht und stößt schon bald auf einen schmalen Pfad, der bis ans Seeufer führt.

Plötzlich stutzt sie. Am Ufer steht eine einsame Gestalt. Eine Schleierwolke hat sich vor den Mond geschoben. Sie kann die Silhouette nur erahnen. Trotzdem weiß sie sofort, wer es ist. „Jonas“, flüstert sie.

Die Gestalt dreht sich um und breitet die Arme aus.

„Hey“, sagt er. „Wo kommst du denn her?“

Carlotta kann an seiner Stimme hören, dass er lächelt. Sie läuft zu ihm, kuschelt sich in seine Arme und schließt die Augen. „Ich glaub, ich hatte irgendwie Sehnsucht nach dir“, murmelt sie.

„Nach mir?“, fragt Jonas ungläubig. „Wirklich?“

Carlotta nickt ohne aufzuschauen. Sie spürt Jonas' Herzschlag, seinen Atem. Es ist ein beruhigendes Gefühl.

„So was Schönes hat noch nie jemand zu mir gesagt“, raunt er in ihre Haare.

Carlotta schnurrt wie eine Katze.

„Ist zwischen uns eigentlich alles wieder okay?“, fragt Jonas nach einer ganzen Weile.

Carlotta löst ihre Wange von seiner Brust und schaut ihn an. „Ja, ich glaub schon. Warum fragst du?“

Er zuckt mit den Schultern. „Ich weiß auch nicht. Ich mach mir immer noch Vorwürfe.“

„Lass es“, sagt Carlotta lächelnd. „Die Nacht ist viel zu schön für irgendwelche blöden Vorwürfe.“

Jonas grinst schief. „Du hast Recht.“

Carlotta nimmt seine Hand. Sie gehen am See spazieren, unterhalten sich und vergessen die Zeit. Irgendwann bleiben sie stehen und küssen sich. Es ist eine magische, romantische und sehr besondere Nacht. Carlotta weiß, dass sie sie niemals vergessen wird.

„Als du nicht mehr mit mir gesprochen hast, hatte ich echt Angst, dass es aus ist", sagt Jonas leise.

„Ich hatte auch Angst", gibt Carlotta zu.

„Und jetzt?", fragt Jonas.

„Jetzt nicht mehr."

Irgendwann bringt Jonas sie zurück. Sie verabschieden sich voneinander. Im Garten zwitschert ein Vogel. Er hört sich ganz verschlafen an; fast so, als hätte ein junger Spatz im Traum gepiepst. Carlotta kommt sich vor wie Julia in dem berühmten Stück von William Shakespeare.

„Es war die Nachtigall und nicht die Lerche", zitiert sie.

„Wie bitte?" Jonas zieht die Stirn kraus.

„Ach, nichts", erwidert Carlotta lächelnd. „Gute Nacht, Romeo. Wir sehen uns morgen!"

„Äh, ja. Gute Nacht." Jonas wartet noch, bis sie im Haus verschwunden ist. Dann spaziert er leise pfeifend davon.

Die Nacht der Nächte

Im Schloss vibriert die Luft. Das spürt Carlotta sofort, als sie am nächsten Morgen den Speisesaal betritt. Es ist Samstag und sie hat lange geschlafen. Leider hat sie nicht von Romeo und Julia geträumt, sondern irgendetwas Wirres, an das sie sich nicht mehr richtig erinnern kann. Trotzdem fühlt sie sich ausgeruht. Sie ist bereit.

Heute ist es so weit, denkt sie mit klopfendem Herzen. *The Night of the Poems … Skies on fire, yeah!*

In den Fluren hängen riesige Plakate, die auf das Ereignis hinweisen. Im Foyer stehen Schülergruppen beieinander. Jeder Slammer hat seinen persönlichen Fanclub. Auch Manu.

Julian sitzt wie ein persönlicher Coach neben ihr und versucht sie zu einem modischen Styling zu überreden.

Manu verdreht die Augen.

„Vergiss es! Warst du überhaupt schon mal auf einem Poetry-Slam?“

Julian schüttelt den Kopf.

„Da geht man nicht gestylt hin“, klärt Manu ihn auf. „Ganz im Gegenteil!“

„Du meinst, es ist so eine Art Ghetto-Veranstaltung?“ Julian nippt an seinem Tee und macht ein interessiertes Gesicht.

Carlotta schiebt ihr Tablett auf den Tisch und wünscht den beiden einen guten Morgen. „Nicht ganz, aber fast“, sagt sie. Sie zwinkert Julian zu, bevor sie sich an Manu wendet. „Alles klar bei dir?“

„Yo, Sis!“ Manu bestreicht eine Brötchenhälfte mit Schokocreme, hebt ihre Hand und macht eine Rappergeste.

Carlotta grinst. Manu, die Ghettoqueen. Hoffentlich spielt sie die Rolle nur für den Slam und nicht auf Dauer.

Sie setzt sich hin und schaut sich im Speisesaal um. Brendan sitzt ein paar Tische weiter. Die Barbies stecken ihre Köpfe zusammen und lästern. Nur von Niko ist nichts zu sehen. Vielleicht schläft er noch oder bereitet sich in Ruhe auf seinen Auftritt vor.

Als Carlotta das nächste Mal aufschaut, betreten Niko, Elena und Cilli den Raum. Cilli hat ihre Igelhaare leuchtend pink gefärbt und steil nach oben gekämmt. Sie sieht ziemlich cool aus, stellt Carlotta fest. Der Anblick von Niko und Elena versetzt ihr dagegen einen kleinen Stich. Sie weiß gar nicht, wieso. Vielleicht, weil die beiden so vertraut miteinander sind. Oder weil sie so ein wunderhübsches Paar abgeben. Möglicherweise auch beides zusammen.

Sie unterdrückt einen Seufzer.

Wie auf Bestellung klingelt in dieser Sekunde ihr Handy. Am Lehrertisch hebt Frau Heselein den Kopf. Handys und ähnliche elektronische Geräte sind im Speisesaal streng verboten. Zum Glück ist es nur eine SMS und der Ton erstirbt, bevor Frau Heselein die Übeltäterin ins Visier nehmen kann.

Carlotta überfliegt den Text:

Hi!
Gut geschlafen? ☺
Ich freu mich auf heute Abend!
Jonas

Wie süß ist das denn! Carlotta lächelt verzückt. Sie tippt ein kurzes „FREU MICH AUCH!“ zurück und widmet sich wieder ihrem Frühstück. Sie merkt gar nicht, dass Niko, Elena und Cilli auf ihren Tisch zusteuern. Erst als ein Stuhl gerückt wird, schaut sie auf. Geradewegs in Nikos dunkelbraune Mandelaugen.

„Guten Morgen“, sagt er und setzt sich neben sie.

„Äh, hallo“, erwidert Carlotta und rückt ein Stück zur Seite, um Platz für sein Tablett zu machen. Elena und Cilli nicken ihr nur zu und führen ihr Gespräch weiter.

„Bist du letzte Nacht noch länger durch die Gegend gespukt?“ Niko beugt sich zu ihr herüber. Ihre Schultern berühren sich leicht.

„Wie? Ähm, nö. Nicht sehr lange“, stammelt Carlotta. Wieso stammelt sie? Und wieso schlägt ihr Herz plötzlich schneller? Sie holt tief Luft und zwingt sich zur Ruhe. Es ist nur Niko, sagt sie sich in Gedanken. Nur ein Mitschüler. Kein Rockstar oder so was. Du warst mal in ihn verliebt. Die Betonung liegt auf „warst“ und „mal“. Es ist Vergangenheit, kapiert?

Sie lächelt und trinkt einen Schluck Kakao.

Niko scheint von ihrer kurzzeitigen Verwirrung nichts mitbekommen zu haben. Gut so.

„Bist du nervös, Bro?“, wendet sich Manu an ihn.

Niko lacht.

„Nicht mehr, seit ich deine Haikus kenne“, kontert er grinsend.

„Gegen mich hast du keine Chance!“ Manu mustert ihn spöttisch.

„Ich werde meine nicht existente Chance trotzdem nutzen“, erwidert Niko trocken.

Alle lachen – außer Manu, die voll in ihrer bedrohlichen Ghettoschwesternrolle aufgeht und keine Miene verzieht.

Nach dem Frühstück verschwindet Carlotta in der Gruft, um ihre Aufnahmen ein letztes Mal zu checken. Zwei Jungs aus Nikos Kurs sind damit beschäftigt, zusätzliche Scheinwerfer zu installieren. Sie schauen nur kurz auf, als Carlotta ihr Notebook aufklappt und ein paar Bilder an die Wand wirft.

„Noch nicht zufrieden?“, fragt eine Stimme hinter ihrem Rücken.

Carlotta fährt herum.

Cilli grinst sie an.

„Doch, eigentlich schon“, sagt Carlotta. „Ich will nur sicher sein, dass alles funktioniert.“

„Wer will das nicht?“ Cilli fährt sich mit einer Hand durch die pinken Stacheln und lässt Carlotta stehen.

Carlotta schiebt die Augenbrauen zusammen. Cilli gehört zu den wenigen Menschen, aus denen sie einfach nicht schlau wird. Ist sie einfach nur nett und ein bisschen schräg? Oder doch eher hinterlistig und falsch?

Auf ihre komischen Bemerkungen und Anspielungen konnte Carlotta sich jedenfalls noch nie einen Reim machen. Aber da sie kaum Berührungspunkte haben, ist das auch gar nicht nötig. Genau wie Niko wird Cilli demnächst Abitur machen und Prinzensee verlassen. Danach wird Carlotta sie vermutlich nie wiedersehen. Dass auch Niko dann weg sein wird, versucht sie zu verdrängen. Es wird merkwürdig sein ohne ihn. Er wird ihr fehlen.

Sie beugt sich über ihr Notebook und versucht sich auf den Ablauf der Fotos zu konzentrieren. Erst als alles synchron läuft, das Intro zur Musik passt und umgekehrt, ist sie zufrieden und klappt den Computer zu. Sie bleibt einen Moment stehen und schaut sich in dem schummrigen Kellergewölbe um. Noch ist alles ruhig. Kaum zu glauben, dass sich in ein paar Stunden ein echtes Battle auf der Bühne abspielen wird. Wer wohl alles mitmachen wird? Manu, Cilli und Niko, klar. Aber es wird sicher nicht bei den dreien bleiben.

Lächelnd winkt sie den Jungs hinter den Scheinwerfern zu und verschwindet.

Am Abend ist die Luft in dem engen Gang zur Gruft zum Schneiden dick. Unter Carlottas Füßen bebt der Boden. Der Lärmpegel, den das Publikum und die Musik verursachen, ist ungefähr so angenehm wie ein Düsenjäger kurz vor dem Start und dabei doppelt so laut. Mindestens.

Hoffentlich halten die alten Gemäuer das alles aus ohne einzustürzen, denkt Carlotta.

Es ist noch früh. Eine halbe Stunde vor dem offiziellen Start der *Night of the Poems*. Jonas und sie haben sich im Park getroffen und sind das letzte Stück zusammen gegangen. Jetzt schiebt Carlotta sich hinter ihm her, um an ihren Arbeitsplatz zu gelangen. Es kommt ihr vor, als ob sich keiner das Spektakel entgehen lassen will. Das halbe Internat drängt sich im Keller. Nein, nicht das halbe, korrigiert Carlotta sich. Es muss das ganze Internat sein. Inklusive Lehrer!

Ein Stück voraus entdeckt sie ihren Sportlehrer. Dank seiner Körpergröße ragt der Spargel wie ein Leuchtturm aus der Menge. Carlotta schmunzelt.

Hinter Jonas' breiten Schultern schafft sie es irgendwie vorwärtszukommen. Es fühlt sich total unangenehm an, so eingezwängt zu sein. Carlotta verdrängt den Gedanken an aufkommende Panik. Die Menge blockiert vorne, schiebt von hinten und drückt von den Seiten. Jonas und sie stecken mittendrin und bekommen kaum noch Luft.

„Es geht gleich los! Ich muss zu meinem Podest!", ruft sie. Jonas nickt nur und schiebt sich unbeirrt weiter.

Endlich haben sie es geschafft. Jonas springt auf das Podest und zieht Carlotta zu sich herauf.

„Hier kommen wir nie wieder weg!", schreit er ihr ins Ohr. Er muss schreien, weil genau über ihren Köpfen eine Lautsprecherbox hängt, aus der harte Bässe wummern.

„Macht nichts!", schreit Carlotta zurück.

Zum Glück hat sie am Vormittag daran gedacht,

einige Wasserflaschen unter dem Podest zu deponieren. Sie angelt eine heraus, schraubt den Deckel auf und trinkt in langen Zügen die halbe Flasche leer, bevor sie sie an Jonas weiterreicht. Dann klappt sie ihr Notebook auf und fährt es hoch. Den Speicherstick braucht sie nicht. Sie hat die Performance auf der Festplatte gespeichert. Auch den Song.

„Ich bin startklar“, murmelt sie. „Von mir aus kann's losgehen.“

Wie auf ein geheimes Kommando betreten in dieser Sekunde Elena, Niko, Cilli und Ben die Bühne. Der Poetry-Slam war ihre Idee. Elena und Ben sollen als sogenannte *Slammaster* den Abend moderieren.

Carlotta denkt kurz daran probehalber schon mal ein Bild an die Wand zu werfen, doch dann lässt sie es.

Elena tritt vor. Sie stellt sich an das Mikrofon und faltet ein Blatt Papier auseinander.

„Herzlich willkommen zu unserer Dichterschlacht!“, ruft sie in die Menge, die mit einem ohrenbetäubenden Grölen antwortet.

Als Elena wieder zu Wort kommt, liest sie die Regeln vor. Sie nennt den Slam einen *literarischen Vortragswettbewerb.* Das Publikum johlt, doch Elena lässt sich nicht irritieren.

„Jeder darf mitmachen, der sich in den letzten Tagen in die Liste eingetragen hat“, erklärt sie. „Zugelassen sind eigene Texte. Lyrik, Rap, Prosa oder Comedy – ganz egal. Nicht erlaubt sind Kostüme, Requisiten und Musikinstrumente. Jeder Slammer hat fünf Minuten Bühnenzeit. Die Reihenfolge der Teilnehmer wird ausgelost. Ihr seid die Jury. Entschieden wird durch Stärke und Ausdauer eures Beifalls. Kommen zwei oder mehr Slammer ins Finale, gibt es ein Stechen. Es gewinnt der oder die mit dem meisten Applaus. Viel Spaß, Leute!“

Lauter Beifall brandet auf.

Elena winkt mit ihrem Zettel und tritt einen Schritt zurück.

Niko, Cilli und Ben verbeugen sich.

„Bühne frei für den ersten Prinzenseer *Midnight-Poem-Slam*!“, brüllt Cilli in die Menge. Sie hebt eine Faust. Ihre pinke Punkfrisur leuchtet im Scheinwerferlicht.

Niko gibt Carlotta ein Zeichen.

Carlotta nickt konzentriert und startet das Intro. Ihre Hände zittern. Ihr Herz wummert. Es geht los!

„Skies on fire, flames burn higher …“, dröhnt es aus den Lautsprechern. Gleichzeitig explodiert ein Feuerwerk von Farben an der Wand hinter der Bühne.

Ein überraschtes Raunen geht durch das Publikum. Pfiffe werden laut. Dann brandet Jubel auf.

Carlotta bekommt am ganzen Körper Gänsehaut. Jonas legt einen Arm um sie und hält sie fest. Er strahlt sie an. Sie strahlt zurück. In seinen Augen kann sie sehen, wie stolz er ist.

„Das ist der Hammer!“, schreit er ihr ins Ohr.

Carlotta kann nur nicken. Sie bringt keinen Ton heraus. Hat sie das wirklich ganz alleine geschafft? Stammen die unglaublichen Fotos da vorne an der Wand wirklich von ihr? Sie fühlt sich wie in einem Traum und hofft nicht so schnell wieder aufzuwachen.

Das Intro dauert dreieinhalb Minuten und eine Sekunde – genau wie Carlotta es berechnet hat –, dann verstummt die Musik und die Installation geht in die Diashow ihrer Feuerbilder über. Sonnenaufgänge, Sonnenuntergänge. Ein rot glühender Planet. Ein brennender Himmel. Irre Farben, wilde Wolkenmuster …

Obwohl sie die Aufnahmen in- und auswendig kennt, kann Carlotta sich nicht sattsehen.

Erst als der erste Slammer die Bühne betritt, normalisiert sich ihr Puls ein wenig. Ein schmaler Achtklässler liest Auszüge aus den Briefen seiner Mutter vor. Es geht um lange Unterhosen, warme Biberbettwäsche und Hustentropfen.

Das Publikum ist entzückt.

Ein zweiter Junge tritt mit einem Loblied an ein verstorbenes Meerschweinchen auf. Der Titel seines Vortrags lautet: „Du warst mein bester Freund".

Die Mädchen und Jungs, die vor der Bühne stehen und offenbar zu seinem Unterstützerclub gehören, fangen laut an zu schniefen und zu schluchzen. Der Junge grinst und verbeugt sich.

Dann kommt Manu auf die Bühne. Sie schnappt sich das Mikro und mustert die Menge, als wolle sie jeden Einzelnen zuerst ins Visier nehmen und danach aufspießen.

„Ey, deine Zeit läuft, Rotkäppchen!", ruft jemand.

Manu zischt etwas Unfeines zurück.

„Dies ist eine Weltpremiere", sagt sie schließlich. „Ich hoffe, ihr wisst das zu schätzen, ihr Kunstbanausen! Ihr müsst auch nicht klatschen, wenn es euch gefallen hat. Haltet einfach eure Klappen und hört zu."

Die Menge tobt.

Manu verzieht keine Miene.

„Warum hat sie keine Schuhe an?", erkundigt sich Jonas bei Carlotta.

Die zuckt die Achseln. „Frag mich was Leichteres. Vielleicht gehört es zu ihrer Performance?“

Manu steht in dicken, grauen Wollsocken auf der Bühne und wackelt mit den Zehen. Der Junge, der für die Beleuchtung zuständig ist, richtet einen Spot darauf. Zu den Socken trägt sie eine ausgebeulte Jeans und ihr dickes, blau und schwarz kariertes Lieblingsholzfällerhemd. Sie sieht sehr authentisch aus, findet Carlotta. Ohne dass sie es merkt, drückt sie beide Daumen für die Freundin.

Das Publikum wird unruhig. Manu starrt immer noch geradeaus ohne etwas zu sagen. Dann legt sie endlich los.

„Dies ist kein Haiku“, sagt sie und räuspert sich. „Es ist auch kein Liebesgedicht. So, ich fang jetzt einfach mal an.“

Sie stellt sich wie eine Balletttänzerin in Positur und schließt die Augen.

„Pferde fliehen
wenn alle Stricke reißen
Freiheit.
Schmerzsplittertief
Sonne geht auf
im Morgenrot.

Schulmauern
um mich herum
ohrenbetäubender Lärm.
Tralala
Gänseblümchen blühen
frohes Mädchen tanzt."

Nach der letzten Zeile dreht sie sich auf den Zehenspitzen einmal um die eigene Achse und hüpft von der Bühne.

Carlotta und Jonas starren sich sprachlos an.

Die Menge johlt, prustet, wiehert, pfeift und stampft.

„Zugabe!", ruft ein Mädchen.

„Das war cool!", ein anderes.

Ben nimmt das Mikrofon in die Hand. „Zugaben gibt's nicht. Die Nächste bitte!"

Es ist Cilli, die ihren Vortrag mit „Bullshit-ABC" ankündigt.

Im Gegensatz zu Manu, die eine eher getragene Vorstellung abgeliefert hat, fegt Nikos Mitschülerin wie ein Tornado über die Bühne.

„Gebt mir ein A!" – „A!" – „Gebt mir ein B!" – „B!" – „Gebt mir ein C!" – „C!" – „A-B-C-D-E-F-G-H-I-J-K-L-M-N-O-P. P – das ist Prinzensee!"

Das Publikum ist außer sich vor Begeisterung.

Cilli wirbelt durch das ganze Alphabet. Sie schreit und stöhnt und steht keine Sekunde still.

„Q-R-S-T-U-V-W-X-Y-Z! A wie Aggro! B wie Bullshit! C wie –“

„Cilliiiiiee!“, grölt die Menge.

Cilli wischt sich grinsend den Schweiß von der Stirn und macht einen tiefen Knicks, bevor sie verschwindet.

Nach ihr kommen einige jüngere Kandidaten, die Carlotta nur vom Sehen kennt. Keiner von ihnen schafft es, an Cillis und Manus Performances heranzukommen. Der Applaus ist freundlich, aber zurückhaltend. Fast so, als würde das Publikum ahnen, dass der eigentliche Höhepunkt des Abends erst noch kommt.

Er nähert sich in Form des Spargels, der mit einem Mal auf der Bühne steht, ohne dass Carlotta sagen könnte, woher er so plötzlich gekommen ist. Zuerst glaubt sie, der Lehrer will eine Durchsage machen, aber dann zieht er ein Blatt Papier aus seiner Trainingsjacke und faltet es sorgfältig auseinander.

In der Gruft ist es so mucksmäuschenstill, dass man die sprichwörtliche Nadel fallen hören könnte.

Jonas unterdrückt ein Prusten. „Was soll das denn werden?“

„Ich hab keinen Schimmer“, gibt Carlotta grinsend zu.

Herr Dunker liest eine lange Liste vor. Zahlen, Abkürzungen, merkwürdige Formeln. Ab und zu hüpft er wie ein Flummi auf der Stelle. Carlotta und Jonas sehen sich ratlos an.

„Entschuldigung“, sagt Herr Dunker, als er fertig ist. „Ich nehme zum ersten Mal an einer derartigen Veranstaltung teil. Man hat mir versichert, alles wäre erlaubt. Das waren meine Laufzeiten, die zurückgelegten Kilometer und meine Puls- und Sauerstoffwerte der vergangenen zwei Wochen. Für mich die reinste Poesie! Danke für eure Aufmerksamkeit. Viel Spaß noch. Und jetzt bitte Vorsicht: Ich komme!“

Er wirft seinen Zettel in die Luft und springt von der Bühne direkt ins Publikum, das ihn auffängt und auf vielen Händen bis zum Ausgang trägt.

„Ich brech zusammen!“ Jonas schüttet sich vor Lachen aus und wischt sich mit einem Zipfels seines T-Shirts die Tränen aus den Augen. Carlotta kichert. Zum Glück läuft ihre Fotoinstallation vollautomatisch weiter. Sie hat gar nicht mehr darauf geachtet, so sehr hat der Vortrag von Herrn Dunker sie gefangengenommen.

Als letzter Teilnehmer des Abends wird schließlich Niko angekündigt. Natürlich hat er auch einen persönlichen Fanclub. Er besteht in erster Linie aus den Mädchen seiner Jahrgangsstufe, aber Carlotta bemerkt, dass auch ein paar jüngere verzückt mit den Augen rollen und Nikos gutes Aussehen tuschelnd kommentieren.

Sie lächelt nachsichtig – obwohl sie zugeben muss, dass Niko wirklich zum Anbeißen aussieht. Seine Dreads hat er mit einem bunten Tuch zu einem Pferdeschwanz zusammengefasst. Er trägt eine Cargojeans und dazu ein blütenweißes, enges T-Shirt, das seine Muskeln gut zur Geltung bringt. Seine Füße stecken nicht in Wollsocken, sondern in hellgrauen Chucks.

„Yeah", sagt er zur Begrüßung und grinst. Es reicht für einen tosenden Applaus. Er nimmt das Mikro in die Hand und geht damit über die Bühne wie ein echter Rapper. Die ersten Verse gehen im Beifall unter, aber er lässt sich nicht beirren.

„Life is getting hard,
life im Internat.
Life's a peace of coolness
cool fools rule this.
Life im Internat
life is getting hard", rappt er.

Die Menge rappt johlend mit.

„Danke, Leute!“, schreit Niko zurück. „Unser Direx trägt übrigens Boxershorts mit Herzchen. Hey, das war ein Scherzchen!“

Er verbeugt sich lachend und schiebt das Mikrofon in den Halter zurück.

Es gibt eine kleine Pause. Carlotta will etwas trinken, aber die Selterflaschen unter dem Podest sind inzwischen leer. Jonas und sie müssen sich in das Getümmel stürzen, um sich am Tresen ein Wasser und einen Saft zu holen.

Auf dem Weg dorthin treffen sie Manu.

„Hey, du hast ja Schuhe an!“, stellt Jonas fest.

„Yo, Bro“, grinst Manu.

„Du warst echt cool“, meint Carlotta.

Manu winkt ab. „Niko war eindeutig cooler. Cilli auch.“

„Und was ist mit dem Spargel?“ Julians Gesicht taucht über ihrer Schulter auf.

„Ich glaub, der läuft außer Konkurrenz“, lacht Carlotta.

„Wieso das denn?“, meint Brendan, der sich von der anderen Seite herangeschoben hat. „Ich fand ihn klasse. Besonders sein Stagediving zum Abschluss!“

„Du meinst, als er einfach in die Menge gehüpft ist? Stimmt. Das war ziemlich spektakulär!“

„Genau wie deine Fotos.“ Niko hat sich unbemerkt genähert. Er legt Carlotta eine Hand auf den Rücken.

„Danke“, erwidert sie lächelnd. „Was meintest du übrigens mit den Unterhosen unseres Direx?“

Niko grinst breit. „Das ist noch streng geheim.“

Ein unangenehmes Pfeifen schrillt durch die Gruft. Alle Köpfe fahren herum.

Ben steht auf der Bühne. Er lacht verlegen. „Sorry für die Rückkopplung. Es geht weiter, Leute! Im Finale stehen Cilli, Manu, Niko und …“, er legt eine wirkungsvolle Pause ein, „unser allseits geschätzter Herr Dunker. Besser bekannt unter seinem Künstlernamen Asparagus Officinalis oder auch: der Spargel!“

Der Jubel, der losbricht, würde ausreichen, um den Sportlehrer direkt zum Sieger zu küren, vermutet Carlotta, als sie wieder auf ihr Podest klettert. Niko hat sie gebeten, für das Finale noch einmal das Intro mit Musik abzuspielen.

„Nichts leichter als das“, sagt sie und drückt auf die Eingabetaste.

Wie sich herausstellt, waren weder Manu noch der Spargel darauf gefasst, ins Finale einzuziehen. Sie haben keinen Finalbeitrag vorbereitet und müssen improvisieren. Manu hüpft ein bisschen herum und trägt Haikus vor, während der Spargel erneut Laufzeiten und Blutwerte vorträgt. Diesmal hält sich der Applaus in Grenzen.

Cilli und Niko geben noch einmal ihr Bestes und rocken die Bühne.

In einer Stichabstimmung liegt der Lärmpegel des Beifalls für Cilli etwas höher als der für Niko.

„Cilli gewinnt die erste Prinzenseer *Night of the Poems*!“, verkündet Elena unter schrillen Pfiffen und Gejohle. „Herzlichen Glückwunsch!“

Es ist bereits kurz vor Mitternacht. Die Schüler der unteren Klassen haben sich unter den Augen ihrer Lehrer längst in ihre Zimmer verzogen. Die Gruft hat sich geleert. Als der letzte Beifall verklungen ist und Cilli ihren Preis – eine Freikarte für eine Tretbootfahrt auf dem Prinzensee – in Empfang genommen hat, löst sich die Menge langsam auf.

Carlotta stöpselt ihr Notebook ab, klemmt es sich unter den Arm und geht mit Jonas hinaus an die frische Luft. „Endlich Sauerstoff!“ Sie atmet tief durch die Nase ein.

„Rauscht es in deinen Ohren auch so?“, erkundigt sich Jonas.

„Und wie!“ Carlotta gähnt mit weit offenem Mund, aber das Rauschen bleibt.

Sie schlendern langsam durch den Park. Der Halbmond hat zugenommen. Die Nacht ist leicht bewölkt. Am Himmel ist kein einziger Stern zu sehen. Vor dem Oberstufenhaus bleiben sie stehen.

„Niko und die anderen wollen noch ein bisschen feiern“, sagt Carlotta. „Willst du mit reinkommen?“

Jonas schüttelt den Kopf. „Nee, lieber nicht. Ich muss um Punkt zwölf zu Hause sein, sonst reißen meine Eltern mir die Rübe ab.“

„Ich geh auch gleich ins Bett.“ Carlotta gähnt noch einmal und macht einen Schritt auf Jonas zu. Sie legt ihre Wange an seine Brust, spürt ihn atmen und schließt die Augen. Sie ist so müde, dass sie glatt im Stehen einschlafen könnte.

„Hey!“, sagt Jonas leise. „Schläfst du etwa?“

„Fast“, murmelt Carlotta. Sie hebt den Kopf und lächelt. Jonas lächelt zurück. Vorsichtig hebt er ihr Kinn, schaut ihr tief in die Augen und gibt ihr schließlich einen langen Kuss.

„Schlaf gut“, flüstert er.

„Ganz bestimmt“, erwidert Carlotta.

Jonas wartet, bis sie im Haus verschwunden ist. Dann flitzt Carlotta in ihr Zimmer und schaut ihm aus dem Fenster hinterher, bis sie ihn nicht mehr sehen kann. Sie lächelt immer noch.

Das Ding am Fahnenmast

Einige Zeit nach dem Slam, der noch tagelang für Gesprächsstoff im Internat sorgt, fährt Carlotta nach Hause. Die Zwölfte hat die schriftlichen Abi-Prüfungen hinter sich gebracht. An den Tagen der mündlichen Prüfungen haben die übrigen Klassen schulfrei.

Carlotta freut sich auf das verlängerte Wochenende – auch wenn sie befürchtet, dass es anstrengend werden könnte.

„Bestimmt wollen meine Eltern ein *erzieherisches Gespräch* mit mir führen“, vertraut sie Katie an, als sie miteinander telefonieren, um Pläne für das Wochenende zu schmieden.

„Wieso das denn?“, fragt Katie zurück.

„Ich bin übers Wochenende bei meinem Dad, aber meine Mam will auch kommen. Das ist irgendwie ziemlich verdächtig. Schließlich gehen sie sich sonst aus dem Weg, wo sie nur können. Es kann nur bedeuten, dass sie sich mit ihrer geballten Elternmacht auf mich stürzen wollen."

„Aber wieso?", fragt Katie noch einmal. „Etwa immer noch wegen des Unfalls?"

„Ja, ich fürchte schon", meint Carlotta. „Außerdem wollen sie unbedingt wissen, wie das Praktikum gelaufen ist und wie ich mir meine Zukunft vorstelle. Als ob ich das wüsste!" Sie seufzt.

Katie lacht. „Vielleicht wird es ja halb so schlimm. Freu dich doch lieber, dass du die beiden wiedersiehst. Und dann noch zusammen! Das hat doch echt Seltenheitswert. Kommen die Zwillinge auch?"

„Lennart und Lorenz? Ich hoffe es. Die Aussicht, dich und meine süßen Brüder endlich wiederzusehen, ist das Beste am ganzen Wochenende! Wir sehen uns", sagt Carlotta zum Abschied.

„Worauf du dich verlassen kannst", erwidert Katie. „Ruf mich an, wenn du Beistand brauchst!"

Katie wohnt nur ein paar Minuten von Guido Prinz entfernt. Carlotta findet das sehr beruhigend.

Sie legt ihr Handy beiseite und fährt damit fort, schmutzige Wäsche in ihre Reisetasche zu werfen. Als die Tasche fast voll ist, packt sie ihr Notebook obenauf und zieht den Reißverschluss zu. Vielleicht haben Mum und Dad ja Lust, sich ihre Bildershow anzuschauen. Und falls nicht: Die Zwillinge interessiert es bestimmt, was ihre große Schwester so alles treibt, wenn sie im Internat ist.

Ihr Vater holt sie am Bahnhof ab. Carlotta läuft ihm entgegen und begrüßt ihn mit einem Kuss auf die kratzige Wange. Er nimmt ihr die schwere Tasche ab.

„Wir müssen ein Taxi nehmen“, sagt er. „Meine Rostlaube hat ihren Geist aufgegeben.“

„Was? Unsere olle Familienkutsche?“, entfährt es Carlotta.

Guido Prinz nickt traurig. „Ich hoffe, die Werkstatt kann sie noch retten.“

„Na klar“, sagt Carlotta optimistisch. Sie weiß, wie sehr ihr Papa an dem alten Auto hängt. „Bestimmt liegt’s nur an dem ranzigen Frittenöl, mit dem du seit Jahren fährst.“

Ihr Vater grinst.

Zu Hause angekommen packt Carlotta ihre Sachen aus und füllt die Waschmaschine, während ihr Vater in der Küche herumwuselt. Er hat Kuchen besorgt und kämpft mit der Kaffeemaschine. Carlotta hört ihn schimpfen.

„Deine Mutter kommt in zwanzig Minuten", ächzt er, als Carlotta ihm zu Hilfe eilt und ihm zeigt, wie man die Ränder der Filtertüte falten muss, damit sie in die Maschine passt.

„Man merkt, dass du sonst nur Instantkaffee trinkst", grinst sie. „Kommt das Nilpferd eigentlich auch mit?"

„Keine Ahnung", brummt Herr Prinz.

Das Nilpferd ist der neue Mann von Carlottas Mutter. Carlotta mag ihn nicht besonders.

„Wozu eigentlich diese Familienkonferenz?" Carlotta schwingt sich auf den Küchentisch und lässt die Beine baumeln.

Ihr Vater schaut auf.

„Wir dachten, du freust dich, wenn wir mal wieder alle zusammen sind."

„Tu ich ja", bestätigt Carlotta. „Trotzdem finde ich's ein bisschen merkwürdig. Wie läuft's denn eigentlich so mit dir und Tessa?", wechselt sie das Thema.

„Alles bestens." Guido Prinz schiebt seinen Kopf in einen Küchenschrank und wühlt darin herum. Tessa ist seine Freundin. Sie kommt aus Holland und hat eine Tochter in Carlottas Alter.

„Kommt sie auch?"

„Nein. Sie hat zu viel zu tun."

„Schade", meint Carlotta.

Ihr Vater murmelt etwas Unverständliches.

Als Carlotta einen Wagen brummen hört, springt sie vom Tisch und schaut aus dem Fenster.

„Mam ist da!"

Ihr Vater stößt sich den Kopf und taucht fluchend aus dem Schrank auf.

Wenig später sitzt die Familie fast vollzählig am Kaffeetisch. Carlotta, ihre Mutter, ihr Vater und Lorenz – die eine Hälfte des Zwillingspaars. Lennart musste zu Hause bleiben. Er liegt mit einer Erkältung im Bett, weshalb auch das Nilpferd nicht mitkommen konnte.

„Steck dich bloß nicht an!" Carlotta strubbelt Lorenz durch die Haare und schiebt ihm noch ein Stück Kuchen zu.

„Nö", mümmelt er und spuckt dabei eine feine Kuchenkrümelfontäne durch seine Zahnlücke quer über den Tisch, was ihm prompt einen strengen Blick seiner Mutter einbringt.

Er grinst. Carlotta auch.

Zu ihrer Erleichterung bleibt das erzieherische Gespräch aus. Ihre Eltern erkundigen sich nach dem Stand der Ermittlungen gegen Jonas und hoffen, dass er um eine Gerichtsverhandlung herumkommt und dass über sein Strafmaß am Schreibtisch entschieden wird.

„Er ist ein netter Junge und kein Krimineller", sagt Guido Prinz, der Jonas bei einem früheren Besuch im Internat kennengelernt hat und ihn sehr mag.

„Das, was er getan hat, war sehr wohl kriminell", widerspricht Carlottas Mutter sofort.

„Das sieht Jonas ja auch ein", wirft Carlotta dazwischen, bevor ein Streit entstehen kann. Sie weiß genau, wie schnell ihre Eltern sich gegenseitig hochschaukeln, wenn sie nicht einer Meinung sind, was leider ziemlich oft vorkommt. Geschickt wechselt sie das Thema und berichtet von ihrem Praktikum.

„Eine Ausbildung in einem Fotoladen möchte ich auf keinen Fall machen, das weiß ich jetzt."

„Sondern?", fragt ihr Vater.

„Vielleicht studieren. An einer Hochschule oder einer Fotofachschule", sagt Carlotta.

„Wieso musst du denn auf eine Fotoschule? Du

kannst doch schon ganz toll fotografieren", mischt Lorenz sich ein.

Carlotta lacht. „Aber noch lange nicht so gut, wie ich es gerne möchte. Ich muss noch ziemlich viel lernen."

„Zum Glück hast du noch zwei Jahre bis zum Abitur", sagt ihre Mutter. „Wer weiß, wie sich die Dinge bis dahin entwickeln."

„Du meinst, ich könnte mich noch anders entscheiden?", fragt Carlotta.

„Ich würde es mir wünschen." Caren Prinz-Mohr nickt.

„Im Leben nicht!", entgegnet Carlotta. Ihre Mutter zuckt zusammen, aber sie achtet nicht darauf. „Fotografieren ist alles, was ich will! Das steht hundertpro fest. Daran hat das Praktikum nichts geändert und die nächsten Schuljahre werden es auch nicht. Ich werde freischaffende Fotografin."

„Fein", sagt ihr Vater trocken. „Dann wäre das ja geklärt."

Seine Exfrau wirft ihm einen langen Blick zu, aber er lächelt nur. „Wie du schon sagtest: Carlotta hat noch zwei Jahre Zeit. Nach dem Abi ist sie volljährig. Dann kann sie sowieso tun und lassen, was sie möchte, und braucht den Rat ihrer Eltern nicht mehr."

Carlotta muss sich zwingen nicht triumphierend zu grinsen. Ihr Vater hat vollkommen Recht!

Frau Prinz-Mohr presst die Lippen aufeinander. „Wir werden sehen."

Ja, das werden wir, denkt Carlotta und zwinkert Lorenz zu.

Am Abend geht sie mit Katie ins Kino. Katie hat die Liebeskomödie zwar schon gesehen, aber weil ihr Lieblingsschauspieler mitspielt, opfert sie sich ein zweites Mal. Carlotta weiß so viel Großzügigkeit zu schätzen und gibt eine Runde Popcorn aus.

„Ist mit dir und Jonas eigentlich alles wieder im rosa Bereich?", fragt Katie.

„Klar", sagt Carlotta. „Warum nicht?"

„Weil du mit Niko unter einem Dach lebst, zum Beispiel. Und weil Jonas dich fast umgebracht hätte. Bist du übrigens sicher, dass Brendan sich nicht wieder für dich interessiert, jetzt, wo Sofie nicht mehr da ist?", fragt Katie.

„Vergiss es!" Carlotta prustet. „Seit der im sportlichen Profil ist, treibt er noch mehr Sport als vorher. Und wenn er keinen Sport macht, chattet er mit Sofie. Was Niko angeht ... Kurz vor dem Slam dachte ich tatsächlich, da wär noch was zwischen uns. Keine Ahnung, vielleicht lag's auch nur an dem ganzen Stress mit Jonas und dem Unfall." Sie greift in den Pappeimer, wirft sich eine Handvoll Popcorn in den Mund und kaut nachdenklich.

„Und dann?", fragt Katie gespannt.

„Dann hab ich festgestellt, dass meine Gefühle für ihn anders sind", sagt Carlotta nach einer Weile. „Ich glaub, wir kriegen es hin, nur noch Freunde zu sein. Er macht jetzt Abi. Bald ist er sowieso nicht mehr da. Vielleicht bleiben wir in Kontakt, vielleicht aber auch nicht. Es wird mir nicht das Herz brechen."

„Also Jonas", sagt Katie trocken.

„Also Jonas", nickt Carlotta.

„Hab ich's nicht immer gesagt?"

„Ja, das hast du", bestätigt Carlotta gutmütig. „Ich brauchte anscheinend nur ein bisschen länger, um es herauszufinden."

„Ich kenn dich eben besser als du!" Katie lehnt sich zufrieden grinsend zurück. „Und jetzt sei leise! Der Film fängt an!"

Im Internat ist alles wie immer, und doch hat sich etwas verändert, stellt Carlotta nach ihrer Rückkehr fest. Sie braucht eine Weile, um zu begreifen, was es ist: Die Abiturienten bereiten ihren Abschied von Prinzensee vor. Der Unterricht ist für sie zu Ende. Sie warten nur noch auf die Ergebnisse ihrer Prüfungen und die Zeugnisvergabe. Dann sind sie frei und kehren der Schule für immer den Rücken.

Niko wird nach Berlin zurückkehren. Das hat er ihr erzählt. Mit dem Studieren will er sich Zeit lassen. Zuerst möchte er etwas von der Welt sehen. Herumreisen, auf allen Weltmeeren surfen, fotografieren und Musik machen. Carlotta beneidet ihn.

Als er ohne anzuklopfen in ihr Zimmer platzt, schaut sie von ihrem Notebook auf.

„Hast du kurz Zeit?“, fragt er und streift sich eine Dreadlock aus der Stirn.

„Klar“, nickt Carlotta. „Was gibt's?“

„Komm in den Schlosspark und vergiss deine Kamera nicht!“, sagt Niko und ist schon wieder verschwunden.

Carlotta schaut ihm stirnrunzelnd hinterher. Warum hatte er ein Oberhemd und seinen Schulblazer an?

Sie wirft einen Blick auf ihr Handy. Eigentlich ist

sie in fünf Minuten mit Jonas am See verabredet. Sie schickt ihm schnell eine SMS:

Bin im Park.
Bis gleich,
C.

Dann schnappt sie sich ihre Kamera und eilt hinter Niko her, aber sein Vorsprung ist zu groß. Sie schafft es nicht ihn einzuholen.

Als sie durch den Park trabt, stutzt sie. Warum stehen so viele Leute vor dem Schloss? Hat sie irgendeinen wichtigen Termin verschwitzt? Eine Versammlung vielleicht? Oder eine Katastrophenübung? Das halbe Internat scheint sich vor dem Portal des Schlosses versammelt zu haben und es kommen immer mehr Schüler dazu.

Aus allen Richtungen strömen Mädchen und Jungen herbei. Sie lachen und kichern. Manche zeigen nach oben. Andere knipsen mit ihren Handykameras.

Carlotta schiebt sich zwischen den umstehenden Mitschülern hindurch.

„Hey, Carlotta!“, ruft Brendan ihr zu. „Coole Aktion, nicht?“

„Welche Aktion?“ Carlotta hebt eine Augenbraue

und prallt in der gleichen Sekunde fast mit Manu und Julian zusammen.

„Da bist du ja endlich!", sagt Manu vorwurfsvoll. „Ich hab dich schon überall gesucht!"

„Ich war in meinem Zimmer", sagt Carlotta verwundert. „Ich hab …"

Weiter kommt sie nicht. Jonas steht vor ihr. „Was ist denn hier los?", fragt er außer Atem.

„Keine Ahnung", sagt Carlotta schulterzuckend.

„Guckt doch mal nach oben!", fordert Julian sie freundlich auf.

„Wozu?" Jonas' Gesicht ist verwirrt. Carlottas auch. Sie drehen sich gleichzeitig um und schauen in die Richtung, in die Julian zeigt.

„Boah, das ist ja ein Ding!" Jonas stemmt die Hände in die Hüften und lacht.

Carlotta traut ihren Augen nicht. Sie hebt ihre Kamera, stellt den Zoom ein und macht schnell ein paar Aufnahmen, damit sie sicher sein kann, dass es sich nicht um eine optische Täuschung handelt.

Am Fahnenmast über dem Schloss flattert etwas im Wind. Es ist nicht die übliche altehrwürdige Fahne des Internats – eine königsblaue Flagge mit einem gelben Wappen –, sondern ein Kleidungsstück. Ein ziemlich ungewöhnliches Kleidungsstück noch dazu. Es sieht aus, als hätte es jemand zum Trocknen in die Sonne gehängt.

„Sind das *Boxershorts*?“, fragt Carlotta.

„Jepp“, nickt Jonas. „Eindeutig.“

„Mit roten Herzchen!“, kichert Manu.

In diesem Moment öffnet sich die Tür zum Schlossbalkon. Die zwölfte Klasse kommt heraus. Alle tragen ihre Schuluniformen. Sie winken den unten stehenden Mitschülern zu.

Niko tritt vor und formt seine Hände zu einem Trichter. „Hey, Leute!“, ruft er. „Gefällt euch unsere neue Flagge?“

Die Menge jubelt und johlt. Auch einige Lehrer haben sich eingefunden. Sie lächeln.

„Wir haben die Unterhose von unserem Direx gehisst!“, schreit Cilli vom Balkon.

Dr. Brönne, der neben seinen Abiturienten steht, zuckt leicht zusammen.

„Hey, Wahnsinn! Das ist der Abi-Streich!“ Carlotta macht ein Panoramabild und grinst. „Niko hat ihn in der Gruft angekündigt. Wisst ihr noch?“

„Ja, klar“, grinst Manu. Sie wiederholt, was Niko damals gesagt hat: „‚Unser Direx trägt Boxershorts mit Herzchen. Hey, das war ein Scherzchen!‘“

„Zu schade, dass Sofie das schicke Teil nicht sehen kann. Es würde ihr bestimmt gefallen“, meint Brendan.

„Ich schicke ihr ein Foto per Mail“, verspricht Carlotta.

„Gute Idee.“ Brendan lächelt.

„Ob die Büx echt dem ollen Brönne gehört?“ Manu zieht die Nase kraus.

„So, wie der guckt, eindeutig ja“, lacht Julian. „Ich glaub, der braucht mal dringend eine Stilberatung!“

Jonas legt einen Arm um Carlottas Schulter.

Sie schaut zu ihm hoch.

„Alles klar?“, fragt er leise.

„Ja“, erwidert Carlotta lächelnd. „Alles ist perfekt.“

Jonas beugt sich zu ihr herunter und gibt ihr einen Kuss. Vor allen anderen.

Applaus brandet auf. Carlotta weiß nicht, ob der Beifall den Boxershorts am Fahnenmast gilt oder ihr, Jonas und dem Kuss. Es ist ihr auch ganz egal.

Alles ist absolut perfekt, denkt sie glücklich. Von mir aus kann es so bleiben.

Leseprobe

Das nächste Abenteuer mit Carlotta erscheint im Herbst 2016.
Hier könnt ihr schon mal in den neuen Band reinlesen:

„Wir fahren von hier aus direkt mit dem Auto nach Dänemark. Dort treffen wir dich an der Fähre und legen den Rest der Strecke gemeinsam zurück“, sagt Frau Prinz-Mohr. „Deine Sachen packe ich vorher. Wir nehmen alles von zu Hause mit. Du musst dich um gar nichts kümmern, Mäuschen.“

Auto?

Fähre?

Dänemark?

Gepäck?

Mäuschen?

Moment mal!

Carlotta runzelt die Stirn. Es ist früher Abend. Sie liegt auf ihrem Bett im Oberstufenhaus von Schloss Prinzensee und telefoniert mit ihrer Mutter, während sie die Beine in die Luft streckt und mit den Zehen wackelt.

Irgendwie hat sie während des Gesprächs den Faden verloren. Oder nicht richtig zugehört. Möglicherweise auch beides. Es ist aber auch gar nicht so einfach ihrer Mutter zu folgen, wenn die erst mal loslegt. Dann spricht sie manchmal ohne Punkt und Komma.

Auf jeden Fall geht es um die Weihnachtsferien, die in ein paar Wochen anfangen, so viel hat Carlotta mitbekommen. Und darum, dass ihre Mutter und ihr neuer Mann – von Carlotta liebevoll „das Nilpferd" genannt – ein Blockhaus in Norwegen gemietet haben, um dort mit ihr und den Zwillingszwergen Weihnachten zu feiern.

Weihnachten in einer einsamen Hütte …

Wow, denkt Carlotta.

„Aber wieso fahrt ihr mit meinem Gepäck nach Dänemark?", hakt sie vorsichtig nach. „Hattest du nicht gesagt, dass das Ferienhaus in Norwegen liegt?"

„Ja, natürlich, Schätzchen. Dänemark ist doch nur eine Zwischenstation." Ihre Mutter lacht glockenhell. Aus Carlottas Stirnrunzeln werden tiefe Falten. Ihre Mutter plappert weiter. „Das Haus liegt mitten im Wald an einem Fjord. Es hat eine eigene Sauna, einen Kamin und einen Außen-Whirlpool!"

„Cool", murmelt Carlotta. Sie sieht sich schon in einer beheizten Freiluftbadewanne in einem verschneiten norwegischen Waldstück sitzen, während pausenlos Elche, Bären und Rentiere an ihr vorbeispazieren und sich ab und zu einen Schluck von ihrem Badewasser genehmigen. In Norwegen gibt es doch Elche, Bären und Rentiere, oder nicht?

Doch, klar, denkt Carlotta.

Sie lässt die Beine sinken und betrachtet ihre Füße, die in dicken Wollsocken stecken. Ob das ein Norwegermuster ist? Das wäre ja ein lustiger Zufall!

„Wir müssten einen ziemlich großen Umweg machen, wenn wir dich am letzten Schultag im Internat abholen würden", erklärt ihre Mutter weiter. „Deshalb ist unser Vorschlag, dass du in Bieneburg in den Zug steigst und direkt nach Dänemark fährst, wo wir uns an der Fähre treffen. Ab da sind wir dann alle zusammen. Wir haben schon eine Bahnverbindung für dich rausgesucht. Du musst nur ein einziges Mal kurz nach der Grenze umsteigen. Das schaffst du doch, Mäuschen?"

Carlotta holt Luft, bläst die Wangen auf und lässt den Atem zischend entweichen.

„Aber locker", antwortet sie selbstbewusst. „Ich bin doch kein Baby mehr!"

„Nein, das bist du wirklich nicht", stimmt Caren Prinz-Mohr ihr zu. Täuscht Carlotta sich, oder klingt die Stimme ihrer Mutter plötzlich ein bisschen wehmütig? Warum? Nur weil ihre Tochter groß genug ist, um in einem Internat zu leben und allein mit der Bahn zu fahren?

„Du kannst mir die Zugverbindung ja mailen", sagt sie.

„Das mach ich", verspricht Frau Prinz-Mohr. „Ich schick dir auch ein paar Fotos von der Hütte. Von innen und von außen. Sie wird dir gefallen. Es ist ja noch ein bisschen hin, aber wir freuen uns schon riesig."

„Ja, ich mich auch. Das ist wirklich mal was anderes", erwidert Carlotta grinsend. Plötzlich fällt ihr etwas ein, und zwar etwas sehr Wichtiges. „Was ist mit Papa? Muss der Weihnachten dann etwa ganz alleine feiern? Können wir ihn nicht mitnehmen?"

„Dein Vater hat einen neuen Auftrag", antwortet ihre Mutter. Sie bemüht sich sehr leise zu seufzen. Carlotta kann es trotzdem hören. „Er ist über Weihnachten unterwegs. Irgendwo in Ecuador und auf den Galapagosinseln, glaube ich."

„Ach ja, stimmt. Er hat's mir neulich gesimst." Jetzt ist es Carlotta, die gerne seufzen würde. Sie lässt es bleiben. Schließlich muss ihre Mutter nicht unbedingt wissen, dass sie ihren Vater liebend gern auf diese Galapagosexpedition begleiten würde. Er soll dort einen

Werbefilm über sanften Tourismus drehen. Ein echtes Traumprojekt.

Unberührte Natur, einsame Strände, kristallklares Wasser, wilde Tiere … Carlotta sieht die Seelöwen, Blaufußtölpel und Riesenschildkröten direkt vor sich. Und sich selbst natürlich auch. Mit Taucherbrille, Flossen und einer Unterwasserkamera.

Wäre das nicht tausendmal cooler, als in Norwegen in einem Whirlpool zu hocken und Elche zu knipsen?

Sie kann nicht anders und seufzt nun doch.

Sei nicht so unbescheiden, meldet sich eine strenge Stimme zu Wort. Sie scheint direkt aus ihrem Hinterkopf zu kommen. Wenn man ein Scheidungskind ist, kann man nicht alles haben. Hast du dich immer noch nicht daran gewöhnt?

„Doch. Nein. Ich weiß nicht“, murmelt Carlotta leise.

Es gibt Dinge, an die sie sich nicht gewöhnen will. Zum Beispiel daran, dass sie an Feiertagen immer einen Spagat machen muss, weil es ihre Familie, so wie sie früher war, schon lange nicht mehr gibt.

„Möchtest du noch mit Lennart und Lorenz sprechen?“, bringt sich ihre Mutter in Erinnerung.

„Ja, gern.“ Carlotta schiebt die düsteren Gedanken

beiseite. Wenn die Trennung ihrer Eltern etwas Gutes hatte, dann die Tatsache, dass sie zwei kleine Halbbrüder hat. Lennart und Lorenz, die Zwillinge. Für nichts auf der Welt möchte Carlotta darauf verzichten eine große Schwester zu sein. Nicht einmal für Blaufußtölpel und wilde Robben.

Carlottas Mutter aktiviert den Lautsprecher. Lennart und Lorenz erzählen von der Schule, vom Fußball und von ihren Weihnachtswünschen.

Carlotta hört die ganze Zeit lächelnd zu und kommt selbst kaum zu Wort.

„Und was wünschst du dir alles zu Weihnachten?“, will Lorenz schließlich wissen.

Carlotta überlegt. Darüber hat sie sich noch gar keine Gedanken gemacht. Zubehör für ihre Fotoausrüstung kann sie immer gut gebrauchen. Genau wie Speicherkarten, einen Belichtungsmesser und vielleicht ein neues Handy.

„Keine Ahnung“, sagt sie nach einer kurzen Pause. „Mein Wunschzettel ist noch nicht fertig. Am meisten wünsch ich mir, dass wir einfach tolle Ferien haben.“

Wir alle zusammen, fügt sie in Gedanken hinzu. Mit Papa, so wie früher. Das wär schön.

„Ich muss jetzt leider Schluss machen“, beendet sie das Gespräch. „Ich muss gleich zum Abendessen.“

„Was gibt's denn?“, fragt Lennart.

„Suppe, Brot, Salat, vielleicht einen Auflauf aus den Resten vom Mittagessen“, zählt Carlotta auf. Lennart ist beeindruckt.

Sie verabschiedet sich von den Zwillingen und ihrer Mutter und richtet Grüße an das Nilpferd aus, dann legt sie auf.

MIX
Papier aus verantwortungsvollen Quellen
FSC® C014496

Umschlagillustration und Vorsatz: Edda Skibbe
Typografie Umschlag und Kapitelüberschriften: Gerhard Schröder
Lektorat: Susanne Schürmann
Herstellung: Constanze Hinz
Satz: Dörlemann Satz, Lemförde
Lithografie: Margit Dittes Media
Druck und Bindung: GGP Media GmbH, Pößneck
ISBN 978-3-551-65096-2
Printed in Germany